COMPLETAMENTE OPUESTOS

Mary Lynn Baxter

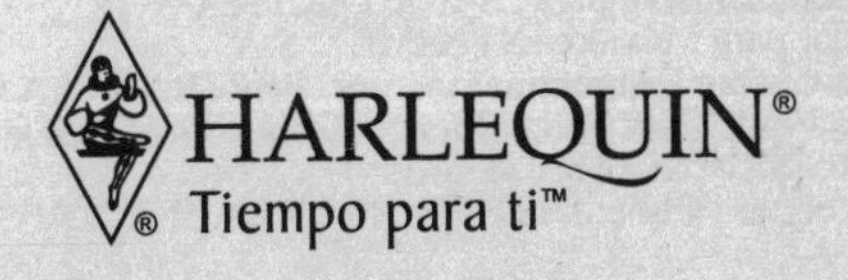

NOVELAS CON CORAZÓN

Editado por HARLEQUIN IBÉRICA, S.A.
Hermosilla, 21
28001 Madrid

COMPLETAMENTE OPUESTOS, Nº 1092 - 2.1.02
Título original: The Millionaire Comes Home
Publicada originalmente por Silhouette Books.

I.S.B.N.: 84-396-9563-2
Depósito legal: B-45532-2001
Editor responsable: M. T. Villar
Diseño cubierta: María J. Velasco Juez
Composición: M.T., S.L.
Avda. Filipinas, 48. 28003 Madrid
Fotomecánica: PREIMPRESIÓN 2000
c/. Matilde Hernández, 34. 28019 Madrid
Impresión y encuadernación: LITOGRAFÍA ROSÉS, S.A.
c/. Energía, 11. 08850 Gavá (Barcelona)
Fecha impresion para Argentina:16.4.02
Distribuidor exclusivo para España: LOGISTA
Distribuidor para México: INTERMEX, S.A.
Distribuidores para Argentina: interior, BERTRAN, S.A.C. Vélez Sársfield, 1950. Cap. Fed./ Buenos Aires y Gran Buenos Aires, VACCARO SÁNCHEZ y Cía, S.A.
Distribuidor para Chile: DISTRIBUIDORA ALFA, S.A.

Capítulo Uno

Se preguntó si seguiría viviendo allí.

Denton Hardesty se burló de sí mismo por pensar en su antigua novia mientras detenía su BMW ante el único semáforo de Ruby, Texas. Le costaba creer que naciera en aquel pueblucho y hubiera vivido allí hasta que se fue a la universidad. Ruby era el hogar de sus padres, así que no había tenido elección.

Gracias a Dios, la situación había cambiado y ya podía elegir. Dallas, su hogar, no tenía nada que ver con aquella pequeña población turística y pintoresca con sus hotelitos rurales, anticuarios y tiendas de regalos. Demasiado tranquila para él. En cuanto terminara la reunión con el cliente volvería enseguida a Dallas, tanto si había habido trato como si no.

Oyó que le pitaban por detrás y se dio cuenta de que el semáforo se había puesto en verde. Mascculló algo entre dientes y pisó el acelerador, pero el motor renqueó y se paró.

Dejó escapar algunas palabras malsonantes mientras veía que la furgoneta que tenía detrás lo adelantaba y el conductor lo miraba con cara de pocos amigos. No todo en Ruby era tan tranquilo.

Mientras arrancaba el coche, pensó que aquello le reconfortaba de alguna manera. El coche volvió a pararse justo delante de una gasolinera de lo más antigua.

El dueño salió inmediatamente limpiándose las manos, llenas de grasa de coche, en un delantal igualmente sucio.

–Vaya, ¿necesita ayuda? –preguntó sonriendo y dejando al descubierto unos dientes manchados de tabaco.

Denton pensó que era obvio que sí, pero controló su impaciencia.

–El motor me está dando problemas. ¿Le importa que lo deje aquí hasta que vengan a recogerlo del concesionario?

–No me importa en absoluto, pero si quiere lo echo un vistazo.

Denton lo miró con desconfianza.

–¿Entiende de coches extranjeros?

–Antes trabajaba con ellos, sobre todo con estos –contestó el hombre asintiendo.

Denton lo creyó aunque era raro que alguien que entendiera de BMW tuviera un negocio así, pero cosas más raras había visto.

–Tal vez no sea nada grave y pueda seguir viaje. Si no es así, llame al concesionario y no se habrá perdido nada.

«Excepto mi precioso tiempo», pensó Denton irritado.

–Mire a ver qué puede hacer –le indicó impaciente.

–Me llamo Raymond, por cierto.

–Denton Hardesty.

Raymond le tendió la mano, pero, al ver la cara de Denton, la retiró y sonrió tímidamente.

–Perdón, las tengo un poco sucias.

–No pasa nada –contestó él mirando hacia otro lado.

–¿Está usted de paso? –preguntó Raymond.

Denton no estaba dispuesto a entablar una conversación; tenía cosas mucho más importantes que hacer. Además, aunque estaban en primavera, hacía un calor terrible y no quería llegar sudado a la reunión.

–Sí, más o menos –Raymond no hizo ningún comentario–. ¿Hay algún sitio fresquito para tomarme un café mientras espero?

–Sí, al otro lado –contestó Raymond indicándoe un hotel con la cabeza.

–Gracias –contestó él dirigiéndose hacia el bonito edificio colonial de dos plantas. Tenía un jardín de lo más cuidado, el césped estaba perfecto y había lechos de lilas y robles que llevaban hasta el porche.

Incluso antes de llegar percibió el olor de las lilas y recordó las que había en su casa de pequeño.

Mientras caminaba por la acera, miró hacia el porche. La calma del campo, la ligera brisa, lo refrescó un poco. Estupendo, si era uno capaz de aguantarlo... él podría un par de días como máximo. Luego, se subiría por las paredes. Prefería pitidos y oír las puertas de los coches cerrándose. Además, prefería escuchar voces que el canto de los pájaros.

Aunque tal vez pensaría de forma diferente si Grace y él...

Al infierno con aquellos pensamientos. Aunque los recuerdos que tenía de cuando vivía allí eran buenos en su mayoría, no se podía imaginar viviendo allí de nuevo bajo ninguna circunstancia.

Cuando a su padre lo trasladaron a otro estado el verano de tercero de carrera, no le había hecho ninguna gracia. No quería separarse de Grace, a pesar de que lo que había ocurrido lo había asustado mucho. Sus padres se negaron a dejarlo allí. Cuando se cambiaron de ciudad sucedió, lo impensable. Su padre tuvo un accidente con un rayo, que había estado a punto de costarle la vida.

Denton apartó aquello recuerdos dolorosos y miró a su alrededor. De cerca, se veía que la casa necesitaba algunos arreglillos, sobre todo en el porche, pero seguía siendo preciosa. Era un lugar perfecto para gente que quisiera pasar el verano manteniendo conversaciones insustanciales y disfrutando de la brisa.

Por supuesto, como buen porche de una casa del sur, tenía un balancín, un sofá y varias mecedoras. Solo faltaba la jarra de limonada y unas cuantas rodajas de sandía. Seguro que las ponían para los invitados a lo largo del día.

Al pensar en la limonada, se dio cuenta de que tenía sed. Mejor otra taza de café bien cargado, que era lo que lo ayudaba a tener energía para aguantar las duras jornadas. Todavía le quedaba mucho día por delante y no había empezado muy bien, la verdad.

Ojalá el dueño se hubiera levantado con buen

pie y le sirviera ese café que tanto necesitaba. Agarró la antigua aldaba que colgaba de la puerta y llamó.

Grace Simmons terminó de colocar los platos limpios del desayuno mientras tarareaba. Miró por la ventana y se quedó sin aliento.

Los tulipanes, su señal favorita de la llegada de la primavera, habían florecido y formaban una alfombra de belleza incomparable.

Suyo. Todo aquello era suyo. Y del banco, claro. Algún día terminaría de pagar y, entonces, sería la única propietaria de aquella bonita casa antigua. La había comprado a muy buen precio, pero la había tenido que arreglarla y para convertirla en un hotel, como era su sueño, había tenido que pedir un crédito.

Pagaba religiosamente al banco todos los meses, aunque no ganaba mucho de momento. La casa necesitaba algunos arreglos, pero ya los haría más adelante. No sabía con qué dinero, pero ya lo sacaría de algún sitio. Había dejado de preocuparse hacía tiempo. No podía permitírselo, ya que los huéspedes dependían de ella.

Siempre intentaba que las habitaciones estuvieran lo más limpias posible, que el ambiente fuera lo más acogedor posible y que el desayuno estuviera rico. Todo ello a un precio asequible.

Así había conseguido tener la casa llena durante todo el año. Sin embargo, ahora tenía una habitación vacía, algo muy raro. Tampoco estaba preocupada por ello. Ya aparecería la persona correcta para ocuparla.

Sonrió al ver un pájaro azul posándose en una rama. Observar a un animal no era nada del otro mundo, pero había aprendido por las malas que lo que importaba en la vida eran las pequeñas cosas.

¿Qué más daba que no tuviera pareja cuando todo el mundo la tenía? ¿Y qué, si se encontraba sola a menudo, sobre todo por las noches, en aquella enorme cama? ¿Y qué si se moría por casarse y tener hijos, algo que no parecía que fuera a ocurrir?

¿Y qué?

Después de todo lo que había ocurrido, lo aceptaba y se alegraba de vivir en paz y tranquilidad. Además, tenía una vida plena, así que no debía recordar errores pasados ni comerse la cabeza con el futuro.

A sus treinta y dos años, ya había perdido suficiente tiempo en algo que la había reportado más dolor que felicidad. Debía concentrarse más en preservar esa felicidad.

Vivir y trabajar en Ruby, Texas, la hacía feliz.

Tenía que hacer muchas cosas, así que no podía permitirse el lujo de quedarse allí mirando los jardines, aunque le encantara hacerlo. Era el jardín más cuidado de toda la ciudad. Ella misma se encargaba de plantar y de cuidar las flores. Gracias a Connie Foley, que iba a ayudarla la mitad del día, podía dedicarse a ello. Sabía que los huéspedes lo agradecían.

Pensó en cortar unos tulipanes para el salón, antes de la merienda, claro, aunque solo dos de los ocupantes las verían, la pareja que estaba de viaje de novios. Sonrió al pensar en Ed y Zelma Brenner, que tenían más de setenta años y estaban completamente enamorados. Ambos habían estado casados, habían tenido hijos y habían enviudado. Se conocieron en un crucero y se casaron cinco días después.

Iban de viaje hacia una cabaña en el lago Austin para pasar la luna de miel y pasaron por Ruby. Allí se quedaron. Según Ed, en cuanto vieron La Casa de Grace les había encantado. Llevaban más de dos semanas con ella. Les había tomado mucho cariño. Solía preguntarse si sus padres, muertos en un terrible accidente de tráfico cuando ella estaba en la carrera, habrían sido así. Le gustaba pensar que sí.

Había otros huéspedes. Ralph Kennedy era un escritor infantil que necesitaba soledad para escribir sus cuentos. Parecía haber encontrado allí el lugar indicado, porque llevaba más de cuatro semanas. Solo lo solía ver durante el desayuno y, de vez en cuando, paseando por los jardines. Grace sospechaba que tenía algún problema. Aunque no era como los huéspedes que solía tener, porque era un poco raro, la verdad, no tenía queja de él. Pagaba todas las semanas y parecía contento, que era lo que importaba.

Grace agarró un paño para pasar el polvo. Decidió no quitarse el delantal y salió de la luminosa cocina, con dirección al invernadero. Era el lugar que más le gustaba de la casa, aunque también le encantaba el suelo de madera maciza y la lámpara de araña del recibidor.

Miró hacia la puerta de la entrada, que era abovedada y de cristal, y los muebles antiguos. El invernadero era el lugar perfecto para tener plantas exuberantes. Lo había comunicado con el salón, creando un lugar informal pero confortable, donde ir a descansar o a leer después de las comidas o a tomar una taza de té.

La estancia estaba llena de luz, las paredes pintadas de blanco, con pocos muebles y unas cortinas. Era de lo más acogedora.

Cuando acababa de comenzar a limpiar el polvo, sonó el timbre. Se guardó el trapo en el bolsillo del delantal y corrió a abrir. Tuvo que sujetarse al pomo de la puerta para no caerse.

Lo habría reconocido en cualquier lugar, a pesar de los catorce años que hacía que no se veían. Denton Hardesty, un fantasma del pasado.

Era obvio que él estaba tan sorprendido como ella. Tenía la boca abierta y sus ojos, verdes, la miraban con curiosidad.

–Grace –murmuró al final.

–Hola, Denton –saludó al hombre que, una noche de estrellas, se había llevado su virginidad y su corazón.

Capítulo Dos

Grace consiguió apartar aquel recuerdo de su mente y decidió tratarlo como si no lo conociera de nada. No era fácil, porque estaba aturdida de verlo en su puerta de repente. Además, tenía los sentidos atontados.

–¿Qué haces aquí? –preguntó al final, con una voz que a ella se le antojó demasiado grave. Tal vez fueran los latidos de su corazón. Tonterías. Ya no le importaba ni un bledo.

–Lo mismo te digo.

–Yo vivo aquí –contestó ella, dándose cuenta de que había levantado el mentón ligeramente.

–Me estaba preguntando si te habrías ido alguna vez –dijo él percibiendo su postura desafiante.

–Repito. ¿Y qué te trae por aquí?

Denton suspiró profundamente.

–¿Así que va a ser así?

–¿Perdón? –preguntó ella confusa.

–No te culpo por no invitarme a pasar.

Grace se ruborizó al darse cuenta de que no se había movido ni un milímetro desde que había abierto la puerta. De hecho, parecía estar guardándola como si él fuera un intruso que quisiera entrar por la fuerza. En cierto sentido, eso era exactamente lo que él era. Pero ella no estaba dispuesta a que supiera lo mucho que la había perturbado su aparición.

–Claro que puedes pasar.

–¿Seguro?

–Por supuesto –contestó irritada al ver que él daba por hecho que le apetecía que entrara. Debía tener cuidado. Siempre había tenido la habilidad de leerle el corazón. Claro que eso había sido hace tiempo y solo era una adolescente. En esos momentos era toda una mujer y no sabía absolutamente nada sobre ella. Se echó a un lado para dejarlo entrar–. Bienvenido a La Casa de Grace.

–¿Es tuya?

–Sí –respondió ella, con tono desafiante de nuevo.

–Veo que sigues teniendo la misma lengua de siempre.

–Hay cosas que nunca cambian –apuntó Grace con la respiración entrecortada.

–En algunos casos, eso no es malo –la manera como lo dijo hizo que sonara una señal de alarma dentro de ella. Aquel tono áspero era una advertencia, como en el pasado. Se preguntó qué habría hecho para merecerse aquel cruel giro del destino. Nunca habría imaginado volver a ver a su primera amor. ¿Por qué en esos momentos, cuando se sentía más sola que nunca?–. Qué bonito.

Grace volvió a la realidad. Quería que se fuera y la dejara en paz, pero lo guió hasta el invernadero. Él se dirigió a mirar por las cristaleras y se volvió hacia ella.

–¿Quieres un vaso de té con hielo o una taza de café?

–Las dos cosas.

Grace se rio espontáneamente.

–No hay problema.

Él le contestó con una sonrisa que la golpeó como un martillo. Seguía siendo muy guapo, aunque las arrugas lo hacían representar más de los treinta y cuatro años que tenía.

Además, poseía un nerviosismo y una intranquilidad que Grace no recordaba en él. Claro que había pasado mucho tiempo desde aquella noche después de su último curso en el colegio, cuando había estado tan enamorada de él. Tampoco iba a recordar todos los detalles sobre esa relación. Además, tampoco había querido.

Mentirosa.

Se encontró de pie ante él, como una idiota, captando todos los detalles que podía. Seguía siendo moreno, pero con algunas canas. Le quedaban bien y realzaban el moreno de su piel y sus ojos verdes, que parecían más oscuros por la espesura de sus pestañas.

Con más de metro ochenta, no había engordado ni un gramo. La camisa le marcaba los abdominales, tal y como entonces. Seguía teniendo aquellos muslos largos y fuertes. Al llegar a cierta parte de su anatomía y notar el bulto tras la cremallera, volvió a mirarlo a los ojos. Sus perfectos dientes blancos seguían allí también. Y aquella sonrisa. Ambas cosas la habían obnubilado siempre. Y seguían haciéndolo.

No era justo.

Y ella, envejeciendo y con arrugas. ¿Y qué? No importaba si los años se habían portado bien con ella o no. Sí, sí le importaba. Por descontado, Denton solo estaría de paso, pero no quería que la viera hecha una furia.

Se dio cuenta de que seguía llevando el delantal. Se puso roja y comenzó a desabrocharse el nudo de la espalda.

–No.

–¿No qué?

–No te lo quites –Grace se quedó quieta y abrió la boca pera decir algo, pero no lo hizo–. Es… diferente.

–Ya –dijo ella.

–De verdad.

–De verdad, te estás burlando de mí.

–Te va muy bien.

–Tú no entiendes de lo que me va o no –le espetó.

–Es cierto –contestó él–, pero sé lo que me gusta, y me gusta tu delantal.

–Muy bien, pues a mí no –mintió, quitándoselo y yendo hacia la cocina–. Voy a por las bebidas.

–¿Te ayudo?

–No, gracias.

Puso el café y el té en una bandeja y la agarró con manos temblorosas. Iba a ser un milagro que llegara algo en las tazas. «Hay que acabar con esto. Soy educada, charlo un rato con él y me lo quito de encima», pensó.

Tomó aire, sonrió y volvió al invernadero. Denton estaba sentado en una silla de mimbre.

Cuando la vio entrar, se levantó y fue a agarrar la bandeja.

Ella negó con la cabeza y la dejó sobre la mesa.

–¿Qué quieres?

–Café –contestó, sirviéndose él mismo.

Ella tomó un vaso de té con hielo. Durante un momento, ambos bebieron en silencio. Grace percibió en el silencio la tormenta que se cernía sobre ellos.

–¿De verdad todo esto es tuyo?

–Lo dices como si no pudiera ser.

–Eh, no es eso lo que he querido decir. Es solo que estoy muy impresionado.

–Impresionado, ¿eh?

–Sí, impresionado. Es una casa antigua y grande, y la has convertido en un próspero hotelito. Para mí, es impresionante.

–Para mí, también. Me encanta hacerme cargo del hotel.

–Te viene al pelo –Grace volvió a sentir deseos de decirle que él no tenía ni idea de cómo era ella, pero se calló–. ¿La has comprado?

–La estoy comprando. Ahora es mía y del banco.

–Entiendo.

–Pero algún día no muy lejano será solo mía.

–¿Tan bien te va?

–Ruby ha crecido, aunque sigue siendo un lugar tranquilo. Estar tan cerca de Austin nos ha venido muy bien para recibir más turismo y crecer económicamente.

–He visto varios anticuarios en la calle principal. Antes no había nada parecido.

–Eso también es gracias a Austin.

Denton miró a su alrededor y volvió a mirarla. Grace deseó que no tuviera aquella manera de mirarla, como si fuera la única mujer sobre la faz de la tierra. Era como Richard Gere. Hubo un tiempo en el que a Grace le había encantado esa mirada, pero ya no.

–¿Te he dicho que estás estupenda?

Grace sintió una sensación de calor por todo el cuerpo que se apresuró a ignorar.

–No, pero no pasa nada. Prefiero que hablemos de ti.

–Parece que sientes curiosidad.

–Vamos a dejarlo en que sé que no has venido a recordar viejos tiempos.

¿Se había puesto rojo o se lo había imaginado ella?

–Tienes razón –contestó él tomando un trago de café–. He venido a ver a un cliente.

–¿En Ruby? –preguntó sorprendida.

–El destino. ¿Qué quieres que te diga?

–Ya.

–Llevo trabajando muchos años como promotor inmobiliario en Dallas.

–Suena bien.

–En realidad, estás pensando que suena de lo más aburrido.

–Por favor, deja de intentar leerme el pensamiento–le indicó cortante.

–Se me daba muy bien, si recuerdas –dijo en voz baja. Le estaba mirando tan intensamente la boca que Grace se sonrojó y sintió que no le llegaba el aire.

–Mira…

–Perdona, no quería sacar ese tema. Lo que pasa es que no esperaba volver a verte y menos, aquí, en Ruby.

–El que tú te fueras…

–Entiendo que estés enfadada.

–Mira, Denton, no estoy enfadada, ¿de acuerdo? Vamos a dejar el pasado donde tiene que estar. Enterrado.

–Bien. Se me ha estropeado el coche. ¿Te parece este tema lo suficientemente mundano? –preguntó sarcástico.

–¿Dónde lo has dejado?

–En la gasolinera de enfrente. Lo tiene un tal Raymond –Grace sonrió–. Seguro que está dando vueltas por toda la ciudad con mi BMW.

–¿Tú crees? –ambos se rieron–. ¿Y si no te lo puede arreglar?

–El concesionario de Dallas mandará una grúa inmediatamente.

«Vaya, vaya», pensó Grace. Era obvio que tenía dinero para parar un tren. Se preguntó cuántas personas de Ruby tendrían dinero suficiente para hacer negocios con él. No se lo iba a preguntar por varias razones. La primera, porque quería que se fuera. Cuanto más se alargara aquello, peor, sobre todo porque no apartaba la vista de sus pechos.

A pesar de que intentó no sonrojarse, no lo consiguió.

–Puedes esperar aquí –le ofreció.

–¿Estás segura?

–Incluso tengo una habitación vacía.

–Puede que te tome la palabra.

–No me refería... –dijo ella, con la boca abierta.

–Ya sé que tú no te referías a eso, pero yo sí.

–Los dos sabemos que eso no va a ocurrir.

–Yo no diría tanto –dijo él levantando las cejas.

–¿Estás casado? –le preguntó de repente. Las cosas debían volver a su cauce. Tenía que parar de preguntarle cosas así. No se iba a quedar en Ruby. Solo pensar que podía quedarse a dormir en su casa le pareció ridículo. No dejaría que ocurriera.

–Ya no –contestó.

–Ah, así que hubo una señora Hardesty.

–Hubo, exacto.

–No fue una ruptura amistosa, ¿no?

–Más bien, no.

–Lo siento.

–Yo, también. Odio fracasar en cualquier cosa, pero nuestra relación ya empezó mal. Menos mal que no tuvimos hijos. ¿Y tú? No llevas alianza.

–Nunca la he llevado.

–No me lo puedo creer –dijo él levantando las cejas.

–¿Que sea una solterona?

Denton paseó la mirada por su cuerpo.

–Sabes por qué lo digo.

Grace se giró con el corazón en un puño. Ya no podía aguantar más aquella camaradería.

–Vamos a dejarlo en que me gusta la vida que llevo.

–Eso no tiene nada de malo.

Se hizo un silencio durante el cual Grace intentó con todas sus fuerzas no mirarlo a los ojos.

Entonces, sonó el móvil de Denton y ella se puso a pensar en la merienda para no oír su conversación.

Denton apagó el móvil y Grace lo miró.

–Me han dejado colgado.

–¿Cómo?

–Mi cliente ha tenido una urgencia de repente y me ha llamado su ama de llaves para decírmelo.

Grace se sintió mareada de alivio.

–Supongo que tendrás que volver otro día.

Sus ojos se encontraron y se miraron durante lo que le pareció una eternidad.

–Tengo una idea mejor. Me quedo con la habitación que tienes vacía y espero aquí.

Capítulo Tres

El pánico la paralizó.

Se iba a quedar. No, no lo podía decir en serio. La estaba tomando el pelo. Tenía que ser eso. Le entraron ganas de reírse.

–Estás de broma, ¿no? –le dijo.

–¿Me estás diciendo que no soy bienvenido? –le dijo él, mirándola dulcemente.

Grace tragó saliva y sintió ganas de abofetearlo. La estaba atormentando y no sabía por qué. Pero si había sido él el que se había ido. Si alguien tenía motivos para fastidiar al otro, era ella.

–Claro que eres bienvenido. Pero es que…

–¿Qué?

–No sé por qué te quieres quedar aquí –le contestó. Bueno, ya se lo había dicho. Había estado tan franca como de costumbre. Si aquello no le daba resultado, no había nada que hacer.

–¿Ah, no?

Grace se sintió confusa. ¿Estaba ligando con ella? De repente, la tensión sexual que había entre ellos se tornó en ira. ¿Cómo se atrevía a presentarse en su casa y comportarse así? Debía pararle los pies. No iba a dejar que volviera a entrar en su vida para que se volviera a ir.

–No, no tengo ni idea –contestó, apretando las mandíbulas–. Ya no eres de aquí.

Vio que se tensaba, pero habló con calma.

–¿Tienes alguna habitación libre?

«Di que no. Dile que te has equivocado y que la tienes reservada», pensó. No podía mentir. Si le mintiera, no la iba a creer.

–Sí.

–Bien. Me la quedo.

–¿Para cuánto tiempo?

Durante el silencio que siguió, Grace hizo todo lo que pudo para no morderse el labio inferior.

–Dos días, como máximo.

–Bien.

De repente, Denton sonrió.

–Prometo no ocasionarte ningún problema.

–Te trataré como a cualquier otro de mis huéspedes –contestó ella con toda la indiferencia que pudo.

–Me parece bien.

Sus miradas se volvieron a encontrar y Grace tuvo que hacer un esfuerzo sobrehumano para apartar la suya y darse la vuelta.

–Ya estamos aquí.

Grace estuvo a punto de suspirar de alivio ante la más que oportuna llegada de los Brenner.

–Estamos en el invernadero –les dijo.

Al llegar y ver a Denton, la pareja se azoró un poco.

–Perdón, ¿interrumpimos?

–Por supuesto que no –contestó Grace con una sonrisa.

Los presentó y observó a Denton mientras los saludaba.

Ed y Zelma no podían ser más diferentes. Él era bajo y robusto, mientras que ella era alta y delgada. Aunque tenían casi ochenta años, irradiaban energía. Grace no quería que se fueran de Ruby porque los iba a echar mucho de menos. Ya le habían prometido que iban a volver.

–Ya verá cómo le va gustar esto, señor Hardesty –dijo Zelma sentándose enfrente de Grace.

–Me parece que tiene usted mucha razón –contestó Denton sonriendo.

Grace vio cómo encandilaba a la mujer. De joven ya era encantador, pero con la edad había perfeccionado sus tácticas y sabía utilizarlas muy bien.

Puede que con Ed y Zelma le diera resultado. Desde luego, con ella estaba perdiendo el tiempo. Pensaba ignorarlo mientras estuviera allí.

–Ya verá cuando pruebe sus comidas –estaba diciendo Ed–. Es la mejor cocinera del mundo. ¿Está usted solo de paso, joven? –mientras Denton le explicaba el percance con el coche, Grace intentó no mirarlo, pero era muy difícil–. Pues menuda suerte ha tenido de quedarse tirado en un sitio tan maravilloso como este. Nosotros somos de Houston, pero estamos pensando en mudarnos aquí.

–¿De verdad? –preguntó Grace encantada.

–Sí, lo estamos pensando –contestó Zelma con menos entusiasmo.

–Aquí la vida es estupenda. En vez de motores y pitos, se oyen pájaros e insectos –continuó Ed.

–Me parece que eso no le gusta demasiado al señor Hardesty –aventuró Grace–. Seguro que se aburriría con tanta serenidad.

Denton posó su intensa mirada sobre ella y Grace sintió deseos de revolverse, pero no lo hizo.

–Confío en que tú no dejes que me aburra –contestó de lo más dulce.

Ed y Zelma se miraron; luego contemplaron a Grace y a Denton como si hubieran notado lo que se traían entre manos.

Grace decidió que había llegado el momento de dar por terminada la conversación.

–Tengo que ir a hacer cosas en la cocina –dijo levantándose.

–Si quiere, la ayudo –se ofreció Zelma.

–No hace falta.

–¿Te importa indicarme cuál es mi habitación antes de irte? –preguntó Denton.

–Eso sí puedo hacerlo yo –indicó Zelma–. Sígame.

–Gracias –murmuró Grace, agradeciendo no tener que volver a quedarse a solas con él. Tenía los nervios de punta.

–Esperadme –dijo Ed.

Al cabo de un rato, Zelma entró en la cocina.

–¿Qué le ha dicho? –preguntó Grace.

–Me ha dado las gracias y me ha dicho que va a cruzar al taller de enfrente para ver qué tal va su coche.

Grace asintió mientras colocaba la fruta en la bandeja.

–¿Qué hay entre vosotros dos? –preguntó Zelma un poco nerviosa.

Grace levantó la cabeza.

–No sé a qué se refiere.

–Venga, a mí no me engañas. Sé perfectamente cuándo hay electricidad entre dos personas.

–Se lo está usted imaginando.

Zelma la observó.

–No creo, pero no meteré las narices. Si quieres hablar, te escucharé. Te veré en el invernadero.

Grace se apoyó en la encimera, con el corazón a mil por hora martilleándole el pecho.

–No creo que tarde mucho en arreglarlo, señor Hardesty.

–¿Ha encontrado el problema? –preguntó Denton, poniéndose las gafas de sol y mirando al mecánico.

–Sí, pero me está llevando un poco más de lo que yo creía.

–No pasa nada, tómese todo el tiempo que necesite.

Raymond lo miró extrañado.

–¿No tiene prisa?

–No.

–Muy bien.

Denton le dio un par de billetes y volvió a cruzar la calle.

Cuando estaba abriendo la puerta de su habitación, pasó un hombre que lo saludó con un asentimiento de cabeza. «Qué tipo más raro», pensó. Parecía sacado de *La Guerra de las Galaxias.* Era alto y extremadamente delgado. Además, le caía un mechón de pelo sobre el ojo izquierdo.

No pegaba mucho allí; claro que él, tampoco.

Una vez en su habitación, se puso a mirar por la ventana. Aunque la vista que tenía ante sí era maravillosa, no la disfrutó. Se sacó del bolsillo un frasco de antiácido, se metió uno en la boca y suspiró aliviado mientras lo masticaba. Se giró y se quedó mirando la cama, que era antigua y tenía una escalerita para subir. Sonrió sin ganas.

¿Qué demonios estaba haciendo allí? ¿Había perdido el juicio? Sin duda. ¿Por qué? Por Grace. No había que ser un genio para saberlo.

Cuando le había abierto la puerta, había sido como si le hubieran dado con un bate en la cabeza. Había dado por hecho que se habría ido. No solo se había quedado, sino que además había emprendido un negocio que le iba muy bien. Se alegraba por ella.

Se había convertido en una mujer muy guapa. Ya lo era a los dieciocho. Su belleza natural era la envidia de las demás; seguía conservándola, aunque, un poco más madura y con un toque de maquillaje.

Seguía casi igual, con aquel adorable hoyuelo que siempre lo había cautivado. Se encontró deseando meter la lengua en él, tal y como había hecho tantas veces en el pasado.

Frunció el ceño. Se controló para no tomarse otro antiácido y salir corriendo de allí. Era como si se hubiera quedado pegado al suelo.

Y aquel delantal. No lo podía olvidar. No le había tomado el pelo. Era intriga. Y placer. Qué original. Qué campestre. Solo una persona con su belleza y su encanto podría ponérselo; al pensar en sus amigas con algo semejante, se echó a reír.

Hubiera preferido que estuviera casada, con hijos, más arrugada y más gorda. Pero no. Seguía estando delgada, aunque no demasiado. El pecho parecía rellenar perfectamente el jersey de punto.

Llevaba el pelo diferente: corto y un poco despeinado. El color sí seguía siendo el suyo. Castaño claro, con reflejos rubios en los rizos que contrastaban perfectamente con sus ojos oscuros, rodeados de unas pestañas larguísimas.

Grace desprendía una sensualidad de la que no era consciente. Cuando estaba en la misma habitación que ella, le costaba respirar. Seguro que a otros hombres les pasaba lo mismo.

¿Por qué se habría quedado allí, donde no había hombres? No le extrañó que se hubiera casado, claro. Se sintió contento de que fuera así, lo que le pareció ridículo, porque solo estaba de paso.

Daba igual. Le había sorprendido que, después de haber salido de su vida tal y como lo había hecho, lo hubiera dejado entrar en su casa.

Tal vez él hubiera sido para ella una aventura pasajera, como ella lo había sido para él. También daba igual, porque se había jurado no volver a pensar en las mujeres, al menos en las que pensaran en casarse.

Una esposa y un divorcio escabroso eran suficientes.

Se dio cuenta de que nunca había olvidado ni a Grace ni la noche de pasión que compartieron. Entonces, estaba loco por ella. No quería irse. Lo recordaba perfectamente. Pero nada había salido como lo habían planeado.

Aquello fue hace tiempo. Ya no era aquel estudiante que se moría por poseerla porque creía estar enamorado de ella. Deseo. Eso era lo que lo había arrastrado a ella. El amor no había tenido nada que ver; se había convencido de ello cuando su relación se acabó y se quedó destrozado.

–Maldición –dijo tomando otro antiácido.

La pastilla no le quitó aquella vez el amargor que sentía en la boca y en el estómago. Solo tenía que ir y decirle que no se iba a quedar. Eso era todo. Su vida volvería a ser la de siempre. Volvería a Dallas y a su trabajo.

Y vuelta a las pesadillas del accidente de aviación que lo tenía sin dormir por las noches y nervioso durante el día. ¿Por qué había sido el único superviviente? Había salido de los restos del aparato y había tenido que ver los cadáveres del piloto y de su mejor amigo.

Hacía ya un año que un fallo en el motor hizo que la avioneta se estrellara. ¿Es que el recuerdo de aquel día de primavera lo iba a acompañar siempre?

Como si su cuerpo se desprendiera de su mente, agarró el móvil y marcó el número de su empresa en Dallas.

Capítulo Cuatro

–Luego te veo, cariño.

–Estupendo –contestó Grace sonriendo a Zelma.

–Voy a echarme una siestecita con ese señor mayor que he visto antes –dijo en tono picaruelo.

–Me parece una idea estupenda –sonrió abiertamente Grace.

–Deberías plantearte seriamente...

–Ni se le ocurra decirlo. Ni lo piense.

–Uy, me parece que he vuelto a meter la pata.

–Casi –siguió sonriendo ella.

–Pero es que eres tan buena, es una pena que...

–¡Zelma!

–Ya me voy, ya me voy.

Cuando se quedó sola, Grace tomó aire. Sabía que Zelma lo decía por su bien, porque quería que conociera lo que era tener un amor como el que ella compartía con Ed. Aunque le agradecía su interés, no podía permitir que pensara ni por un segundo que Denton era la persona ideal.

Se estremeció. No tenía ninguna intención de volver a pasar por aquello. Zelma no sabía nada de lo que había habido entre ellos en el pasado, pero aun así, no iba a seguirle el juego aunque ella lo hiciera con buena intención.

Miró el reloj. Era más tarde de lo que creía. La merienda se había servido más tarde de lo habitual y todos los huéspedes, menos Denton, estaban en el invernadero.

Desde que había vuelto de la gasolinera Denton no había salido de su habitación. Había estado hablando por teléfono la mayor parte del tiempo. Todos lo habían oído, porque su habitación era la que estaba más cerca del salón. Aunque no habían escuchado la conversación, no es que lo hubieran intentado tampoco, estaba claro que había graves problemas en su oficina. No era extraño que tomara antiácidos como si fueran caramelos.

Menudo estilo de vida tan espantoso. Él lo había elegido y parecía que soportaba bien la presión. Grace tenía la esperanza de que se fuera, a pesar del cliente y a pesar del coche. Cruzó los dedos. Dormir bajo el mismo techo que él, aunque solo fuera una noche, no le hacía mucha gracia. Volverlo a ver la había afectado mucho más de lo que quería admitir. De repente, vio su cuerpo musculoso y olió su aroma a almizcle.

Y cuando la miraba de esa manera tan intensa, sentía un hormigueo por todo el cuerpo. «¡Para! Deja de echar leña al fuego» se dijo. No quería recordar. Estaba empezando a sentir la ansiedad y no podía dejar que eso sucediera. Llevaba tiempo encontrándose muy bien. No podía permitir que Denton Hardesty se lo estropeara.

Recogió la merienda y se dirigió a toda velocidad a la cocina. Agarró un cuenco y se puso a hacer un bizcocho de café para el desayuno. Pensó que, así, tendría la cabeza y las manos ocupadas.

Estaba batiendo la masa como si se tratara de su peor enemigo, cuando entró Zelma.

–Creía que se iba usted a echar una siesta –le dijo– o algo así.

–Ed está roncando. ¿Qué te parece?

–Que está agotado.

–¿Qué estás preparando?

–Un bizcocho de café.

–Vaya, más grasa para mis caderas.

–Venga, pero si no le sobra ni un gramo.

–Pero a Ed, sí. Está intentando bajar peso.

–¿Cree que me perdonará por ponerle la tentación delante?

–Seguro –contestó, y ambas se rieron–. He venido a ver si querías venir a bailar con nosotros.

–¿A bailar?

–Sí, vamos a ir a Austin. Hemos encontrado un sitio para gente mayor. La semana pasada estuvimos allí; y fue también mucha gente joven. ¿Qué te parece?

–Gracias, pero me lo voy a perdonar. Ha sido un día muy largo.

–¿Seguro? –insistió Zelma, mirándola con curiosidad.

–Sí.

–Venga, te vendrá bien mover el esqueleto.

Ambas mujeres se giraron cuando entró Ed. Grace frunció el ceño. Estaba raro, pero no sabía por qué. Para empezar, estaba pálido. ¿Se habría dado cuenta Zelma? Decidió no expresar en alto su preocupación. Tal vez, fueran imaginaciones suyas. ¿Y si no lo eran?

–Ed, ¿se encuentra bien? –preguntó Grace.

–Sí, cariño –dijo Zelma mirándolo–. Estás...

–Estoy bien, amor mío –interrumpió él. Sonrió a Grace–. El problema es que me das demasiado bien de comer.

Grace no se quedó convencida, pero decidió dejarlo estar. Sonrió.

–Ustedes dos salgan a mover el esqueleto. Yo me voy derecha a tomar un baño de espuma.

–Bien, entonces luego nos vemos, –dijo Ed agarrando a Zelma del brazo.

Cuando se fueron, Grace miró la masa y vio que se había bajado. Comenzó a darle con todas sus fuerzas.

–¿Por qué no has aceptado su invitación?

Las manos de Grace se pararon, pero su pulso, no. Se le disparó. Levantó la cabeza.

Estaba enfrente de ella y tenía una pinta mucho más apetitosa que la masa que tenía delante. Llevaba una camisa blanca y unos pantalones informales que no dejaban lugar a dudas sobre la fuerza de sus músculos.

Vio que llevaba el pelo mojado. Se habría duchado. Debería parece más relajado, pero no era así. Estaba cansado y tenía las arrugas de alrededor de los ojos y de la boca más marcadas que antes.

–Porque no me apetecía ir a bailar –contestó, apartando la mirada de él.

–Parecía un plan divertido.

–Seguro que te dejan ir con ellos.

Se acercó y sonrió.
–No creo.
–¿Tienes hambre? –preguntó, buscando la manera de romper la tensión.
–No, gracias.
–Estás cansado, ¿no?
–¿Se nota tanto?
–Yo, sí.
–Será porque me conoces muy bien.
–No te conozco de nada.
–No he cambiado mucho.
–Venga, por favor –murmuró como si acabara de pisar unas arenas movedizas que fueran a engullirla. Siempre había sentido lo mismo cuando estaba con él. Desde el día que lo conoció. Para su desgracia, aquello no había cambiado.
–Me gusta tu cocina.
Aquello fue como un salvavidas y se lo agradeció con una sonrisa.
–Me gusta mucho cocinar, así que quería una cocina especial.
Lo era. Tenía ventanales desde el techo hasta el suelo que dejaban pasar la luz y el verde. Era de lo más acogedora. Además, las encimeras y los armarios eran de lo más moderno.
–Es como si la parte de fuera estuviera dentro –dijo Denton apoyándose en la barra que ella tenía delante.
Grace intentó no flaquear ante su proximidad. No podía mirarlo a los ojos, así que miró hacia fuera.
–Me lo tomo como un cumplido porque ese es exactamente el efecto que quería crear.

–¿Decoraste tú la casa?

–Sí. No tenía dinero para contratar a nadie y, además, me apetecía. Me lo pasé de maravilla devolviéndole la vida a esta vieja casa, que había estado cerrada durante años. Todavía no he terminado. Quiero hacer muchas cosas más.

–Tengo fe en ti –dijo él en voz baja.

¿Había sido su aliento lo que le había acariciado la mejilla? Grace tragó saliva.

–¿Seguro que no tienes hambre?

–Depende.

–¿De qué?

–De lo que me ofrezcas.

Grace exhaló aire, pero no se sintió más tranquila. Estaba jugando con sus sentimientos deliberadamente. Pero si se lo decía, Denton lo iba a negar. ¿O, tal vez, no?

Dios, qué situación tan inaguantable. Dio un paso atrás e intentó hablar con calma.

–Hay entremeses, ensalada...

–No, gracias, pero no –contestó él cortante.

Vio que se sacaba del bolsillo el frasco de antiácidos.

–Ya veo de qué te alimentas.

Denton apretó las mandíbulas y se frotó la nuca.

–Gracias a estas pastillas, puedo trabajar.

–Espero que el trabajo lo merezca –apuntó ella deseando acercarse a él y suavizarle las arrugas de la frente.

–Lo merece –apuntó secamente.

–¿He sacado un tema escabroso?

–Vamos a ver, es obvio que a ti no te gusta la presión. A mí sí. Si no la tuviera, me aburriría.

–Buena suerte.

–¿En qué?

–En convencerte a ti mismo.

Denton sonrió.

–No hay quién te engañe, ¿eh? Está bien. Las cosas no van muy bien últimamente, lo admito.

–Al jefe no le ha gustado que te quedaras aquí –afirmó ella.

–Eso es decirlo muy suavemente –dijo él, con una risa sin pizca de humor.

No se atrevió a preguntarle cuándo se iba a ir. No quería que se fuera, pero le daba miedo que se quedara. Y no quería preguntarse a sí misma por qué. Lo tenía delante, al alcance de la mano, pero no podía tocarlo. Aquello era demasiado, una complicación que ni quería ni se merecía.

–¿Cuál es tu objetivo? ¿Ganar más dinero?

Denton esbozó una media sonrisa.

–Eso y llegar a ser socio de la empresa.

–Esas son las cosas que alegran a papá y a mamá –apuntó ella. No había preguntado por sus padres adrede porque los culpaba en parte de su ruptura. Nunca la habían tenido en estima, no era suficiente para su hijo. No les echaba toda la culpa. Denton podía haberse enfrentado a ellos y no lo había hecho. Había hecho lo que su papá le había dicho. Y, luego, para colmo de males, su padre había tenido el accidente.

–El sarcasmo no te queda bien –apuntó él.

–¿Tienes posibilidades de convertirte en socio? –preguntó ella cambiado de tema.

–Eso espero. Si consigo al cliente de aquí, creo que será coser y cantar.

–Entonces, espero que lo consigas.

–No lo dices en serio –dijo él mirándola a los ojos.

Grace se ruborizó.

–Lo estás haciendo de nuevo.

–¿Qué? –preguntó él, inocente.

De inocente, nada. Nunca lo había sido.

–Estás haciendo como si me leyeras la mente.

–¿Qué estás haciendo? –preguntó Denton en un susurro.

–Eh, un bizcocho –respondió ella, claramente sorprendida por el cambio de tema. Denton se rio y se le encendieron los ojos–. ¿De qué te ríes?

–Tienes un trozo de masa en la cara.

Antes de que pudiera decir nada, se lo había quitado. Sin dejar de mirarla a los ojos, se chupó el dedo con un ruido obsceno.

Grace sintió que se derretía.

Capítulo Cinco

Debería haberse estado quietecito. No sabía qué le había pasado. Sí, sí lo sabía. Había sido el deseo, como en el pasado, lo que lo había arrastrado a tocarla. Estaba tan encantadora con aquel trozo de masa casi en el hoyuelo que no había podido resistirse.

No había excusa.

Aquello ya había sido suficiente, pero lo del dedo había sido como para darle una patada en el trasero. Incluso, por un momento, había sentido la tentación de besarla. Sin embargo, había recobrado el sentido común justo a tiempo y se había dado cuenta de que las acciones, buenas o malas, siempre tenían consecuencias. Retrocedió.

Denton se acercó a la mesilla de noche de mal humor y miró el móvil. Tenía que llamar a Dallas, a su jefe, Todd Joseph. Pero no era el momento. No estaba de humor para ponerse delante del batallón de ejecución.

Se sentía tan débil y vulnerable como después del accidente. No le gustaba sentirse así.

Tal vez, si conseguía ver a su cliente ese día y alcanzaban un acuerdo, se sentiría mejor y recuperaría la cordura. No debería haber pasado la noche allí.

Grace.

Por ella, no se había ido. Así de sencillo y de complicado a la vez, porque tenía un nudo en el estómago y la boca seca. Cuando le había abierto la puerta el día anterior, había revivido el pasado. Llevaba pensando en ella toda la noche y seguía haciéndolo, a pesar de que estaba amaneciendo.

No había pasado nada. Se lo repetía una y otra vez. Parecía un disco rallado o un adolescente calenturiento.

No la había besado. Solo la había tocado, y muy brevemente. Estaba haciendo una montaña de un grano de arena. Sería para matarlo si volvía a tener algo con ella.

Era obvio, por cómo había reaccionado cuando la había tocado, que ella estaba igual que él. Había abierto los ojos y se había encogido como si la hubiera golpeado. No había podido fijarse tampoco mucho, porque estaba demasiado ocupado intentando ocultar y controlar su propia reacción.

Había sentido que la cremallera le apretaba de repente y que se quedaba sin aliento.

Un día de primavera tan bonito como el día anterior, habían comido y bebido y quedándose dormidos después sobre la manta.

Él se había despertado primero y había visto que el sol se había tornado luna. La había despertado besándola en la oreja, luego en la mejilla y finalmente en la boca.

Ella había gemido de placer mientras abría los ojos y se acercaba a él.

–No te vayas mañana –susurró–. Por favor.

–Dios sabe que no quiero hacerlo –contestó él con agonía–. No puedo soportar la idea de no verte durante semanas.

–Pues no te vayas.

–Mis padres me matarían.

Le introdujo la lengua en la boca y jugueteó con la suya unos segundos. Sus manos encontraron sus pechos y le desabrochó la camisa. No llevaba sujetador. No le sorprendió porque Grace sabía lo mucho que le gustaba a él tocarle el pecho.

Tras juguetear con sus pezones, se colocó encima de ella y comenzó a lamérselos.

Grace se arqueó y le tocó la entrepierna, arriba y abajo, arriba y abajo, como hacía en numerosas ocasiones sin que él perdiera el control. Entonces, él solía utilizar la lengua y los labios para dejarla completamente satisfecha sin preocuparse por él hasta más tarde.

Pero aquella noche, no pudo controlarse. Tal vez porque sabía que no la iba a ver en un tiempo, o quizá porque la deseaba desesperadamente.

–Hazme el amor –le había susurrado ella.

–Grace, sabes que quiero, que me muero por estar dentro de ti.

–¿Entonces?

–Ya sabes –había contestado con el ceño fruncido–. ¿Y si te quedas embarazada?

–Imposible.

–¿Cómo puedes estar tan segura?

–Porque estoy tomando la píldora.

Se había quedado sin aliento y la había mirado fijamente.

–¿Desde cuándo?

–Desde el suficiente tiempo como para que surtan efecto.

–Grace...

–No quiero un sermón, te quiero a ti.

Entonces, ella le había quitado los pantalones y, en cuestión de segundos, ambos estaban desnudos y besándose sin parar. Temió explotar en su mano, así que se introdujo en su cuerpo y chocó contra una barrera.

Maldijo e intentó salir, pero ella se lo impidió.

–No pasa... nada –dijo Grace con la respiración entrecortada–. No pasa nada. Te deseo tanto...

Entonces, se lanzó dentro de ella y la abrazó contra su cuerpo.

No sabía si había sido el móvil o su cabeza. Denton abrió los ojos y comprobó que era el teléfono. Respiró varias veces y se dio cuenta de que estaba sudando. Lo descolgó.

–Aquí Hardesty.

–¿Se puede saber por qué demonios no estás aquí?

–Buenos días.

–No me des los buenos días –le espetó Todd.

Si no hubiera tenido el calentón que tenía encima, se habría reído. Se imaginaba perfectamente a su amigo y futuro socio sentado en su despacho, con los pies encima de la mesa y aquel puro que nunca encendía en un extremo de la boca.

–Muerde un poquito más fuerte el puro. Así te tranquilizarás.

–¿Qué demonios está pasando?

–He quedado hoy con el cliente.

–Tendrías que haber vuelto a la ciudad y haber regresado allí.

–Habría sido una tontería. Además, se me ha estropeado el coche.

–Aquí todo está patas arriba.

–El dinero que vamos a conseguir aquí hará que todo se arregle.

–Eso espero.

–Dalo por seguro. Te veo esta noche.

–Más te vale.

Todd colgó. Si se lo hubiera hecho otra persona, Denton se habría quedado lívido, pero conocía de sobra a su amigo. Lo tomabas o lo dejabas. Denton lo tomaba porque sabía más de inversiones que los japoneses.

Si seguía a su lado, Todd lo haría rico antes de los cuarenta. Por eso debía apartarse de Grace. Lo estaba confundiendo y aquello no podía ser.

Iba hacia la ducha, completamente sudado, cuando volvió a sonar el móvil. Pensó no contestar porque podría ser Todd de nuevo para seguir con la bronca, pero tenía otras llamadas pendientes muy importantes.

Descolgó y se quedó de piedra.

«¿Se notará mucho que estoy mal?», se preguntó Grace.

Probablemente, sí. Se había pasado toda la

noche sin pegar ojo. Había intentado disimularse las ojeras con maquillaje y se había puesto colorete y barra de labios, pero no se sentía mejor.

Al menos, le gustaba cómo iba vestida. Se había puesto unos pantalones color caqui apretados y una camiseta rosa de punto. «A conjunto con la primavera», pensó sarcástica. Se preguntó por qué habría de importarle su apariencia. Cuando acabara la mañana, no lo volvería a ver.

Sintió una punzada en el pecho y se quedó sin respiración. Si no la hubiera tocado... Si no la hubiera mirado con tanto deseo. Y, cuando se había chupado el dedo, Grace había sentido calor entre las piernas, algo que no sentía desde hacía muchos años. Cuando él se había ido de la cocina, había sentido una pena inmensa, todavía seguía sintiendo.

Pero todo iba a terminar en breve. Sabía que no iba a bajar a desayunar. Qué bendición. Así, solo tendría que verlo cuando fuera a pagar. No iba a cobrarle nada, de todas formas.

Solo quería que saliera de su vida antes de que cometiera alguna estupidez, como dejar que la besara o algo peor. En cuanto él se hubiera ido, el instinto sexual se volvería a dormir como ella quería. Hasta ese momento, tendría que convivir con la humedad entre las piernas y los pezones firmes.

Estaba terminando de colocar el desayuno cuando apareció Denton. Parecía haber pasado la noche en vela, igual que ella. Bien. Mal de muchos, consuelo de tontos. Además, se lo merecía por haber abierto la caja de los truenos.

Aun así, tuvo que controlarse para no ir corriendo hacia él y echarle los brazos al cuello. Otra vez.

–Buenos días –saludó él sin mirarla.

Grace saludó con la cabeza.

–¿Vas a desayunar con nosotros? –preguntó. Claro que no, pero tenía que preguntar, como buena anfitriona.

–Claro que sí.

–Pero creía que...

–Sí, pero ha habido cambio de planes.

–Ah –dijo ella, casi inaudiblemente.

–Tengo que quedarme unos días más. ¿Te importa? –le preguntó mirándola a los ojos.

Capítulo Seis

Danton llevaba una camiseta verde caza, unos pantalones caqui y el pelo mojado. Tenía buen aspecto, estaba de lo más sensual... y completamente fuera de lugar. En su cocina. En su vida. Debía irse. No podía permitirle que se quedara y continuara rompiendo su rutina.

Como consecuencia de la noche que había pasado en blanco, iba a servir el desayuno un poquito más tarde, y aquello no iba con ella. Era una mujer que respetaba estrictamente los horarios y a la que le gustaba la perfección. Sin embargo, con Denton cerca nada estaba a su hora y, mucho menos, perfecto.

–¿Y bien?

–No me parece una buena idea.

–¿Por qué?

–No me trates como si fuera imbécil –contestó Grace perdiendo la paciencia.

–No ha sido esa mi intención y lo sabes.

–No sé nada.

–De acuerdo, me he pasado. Lo siento.

Aunque lo sintiera, aquello no cambiaba nada. No estaba dispuesta a discutir con él, así que más le valía controlar sus emociones.

–Mira, hay otros sitios...

–¿Está reservada la habitación? –la interrumpió.

Grace percibió entonces que estaba exhausto. Tenía los ojos inyectados en sangre y los labios secos. Debía haber pasado una nochecita muy parecida a la suya. La diferencia era que ella no podía decir que no había dormido por los problemas de trabajo que tenía en Dallas.

¿Por qué no volvía allí?

–Grace, contéstame.

–Eh... no, no está reservada.

–Entonces, me gustaría quedármela varios días más.

Dios, no. Sería una locura.

–¿Por qué? –preguntó. Se puso roja al instante. No era asunto suyo.

–Porque mi cliente va a estar fuera de la ciudad varios días más.

–¿No tienes que volver a Dallas? –insistió. No lo estaba tratando como si fuera un huésped normal, pero no le importaba. Y, si le importaba a él, que se fuera, que era lo que ella quería, ¿no?

Denton se acercó a ella. Apoyó una mano en la encimera y la miró. Ella no osó levantar la vista. Su cercanía estaba descolocándola.

–Debería volver a la oficina, pero no lo voy a hacer –contestó cortante–. Grace, no te voy a hacer nada.

Ante la suavidad de sus últimas palabras, ella levantó la cabeza y sus miradas se encontraron. Fue como si le dieran una descarga eléctrica. Grace sabía que él estaba sintiendo lo mismo porque Denton suspiró y dio un paso atrás.

–No tendrás la ocasión nunca más de hacerlo, Denton. Puedes tenerlo claro.

Él se sonrojó.

–Me merezco tu enfado y más.

–Mira, tengo que preparar el desayuno.

–¿Me puedo quedar con la habitación o no? –insistió. Grace dudó–. ¿Quieres que te suplique?

–Claro que no –contestó suavemente–. Además, no lo harías.

–No estés tan segura –Grace sintió un escalofrío. ¿A qué tipo de juego estaba jugando Denton? ¿Por qué lo estaba dejando que jugara?–. ¿Sí o no?

–¿Seguro que no quieres que llame a otro hotel?

–Seguro –contestó él.

–Está bien, entonces –dijo ella sin ningún entusiasmo.

–¿Te ha dolido tanto?

La sonrisa que colgaba de los labios de Denton hizo las cosas más fáciles. Grace tomó aire y siguió colocando las galletas en una fuente de horno. Menos mal que ya había preparado los huevos revueltos, la salsa y el pan de maíz. Las copas de fruta también estaban listas en la nevera.

–No, supongo que no –admitió.

–¿Te puedo ayudar?

–¿Con qué?

Él sonrió abiertamente.

–Eh, que sé cocinar.

–Claro, seguro que se te da fenomenal calentar la cena en el microondas para tomártela ante el televisor –le dijo, odiando que se le acelerara el pulso al verlo sonreír.

–Sé hacer judías y pan de maíz. ¿Eso cuenta?

–Hoy, no.

–Bueno, podría...

–Ir a cortar unas flores para la mesa.

–Exacto –dijo, deseoso de ayudar.

Uy, uy, uy, aquello no era bueno para su tranquilidad mental. Se maldijo a sí misma por haberle dejado la habitación, pero debía actuar como si nada.

Consiguió no suspirar. Se acercó a un cajón y lo abrió.

–Aquí tienes unas tijeras, y hay un florero en la alacena.

–¿Alguna flor en especial?

–Lo dejo a tu elección.

Denton la miró, se dio la vuelta y salió por la puerta que comunicaba con el jardín. Grace se apoyó en la encimera. Se sentía como si la hubieran desinflado.

Se había vuelto loca. Tendría que haberle dicho que se fuera, pero se había dejado llevar por el corazón en lugar de por la cabeza. Otra vez.

Sintió deseos de quitarse el delantal y salir corriendo. Si no se iba él, se iría ella... pero era absurdo, claro. Sintió lágrimas en los ojos.

No quería que cayeran por aquel camino tan conocido. No quería estar tan débil por culpa de él. Quería recordar lo mucho que la había hecho sufrir, cómo le había roto el corazón. A pesar de los años que habían pasado, no había podido recuperarse.

Denton se había presentado en su vida y estaba en su casa, pero no en su cama. Eso nunca. Como volviera a intentar tocarla...

–¿Quién es ese guaperas que está con las flores en el jardín? –preguntó Zelma. Su presencia fue un bálsamo.

–Denton Hardesty –contestó lo más tranquila que pudo.

–Ah, el hombre que me presentaste ayer –Grace asintió–. Así que sigue aquí.

–Se va a quedar unos cuantos días más.

–Mmm.

–No digas nada.

Zelma se rio.

–Lo que tú digas –volvió a reir–. Aquí viene mi querido maridito.

–Buenos días –saludó Ed, dándole un beso a Zelma en la mejilla–. ¿Cómo está mi otra chica? –preguntó a Grace. Ella se dio la vuelta y vio que tenía mucho mejor aspecto que el día anterior.

–Haciéndote algo para desayunar. ¿Qué tal la salida de ayer?

Ninguno pudo contestar porque Ralph Kennedy hizo su aparición en la cocina.

–¿Llego demasiado pronto? –preguntó con su habitual timidez.

–Llega justo a tiempo. Siéntese.

Grace volvió a pensar que era un tipo de lo más raro. No había engordado ni un solo gramo a pesar de que le daba bien de comer. Llevaba las gafas en la punta de la nariz, lo que indicaba que ya había estado trabajando.

Denton entró en ese momento, con el florero lleno de magníficos tulipanes.

–Vaya, señor Hardesty, que bonitos.

Él sonrió, arrebatador.

–Llámeme Denton.

–Siempre y cuando usted nos llame Zelma y Ed.

Grace presentó a Ralph y a Denton antes de que todos se sentaran a la mesa. Luego comenzó a servirlos y, para su sorpresa, no le temblaban las manos, aunque sentía la mirada de Denton en ella.

El desayuno fue divertido. Denton fue el centro de atención. Todos se rieron con sus anécdotas, incluso Ralph. Grace se sorprendió porque nunca lo había visto reírse antes.

Al terminar, todos se fueron menos Denton. Grace fue a la cocina y, al llegar al fregadero, se dio cuenta de que lo tenía detrás. Se giró.

–¿Te ayudo con los platos? –preguntó él.

Grace se dio cuenta de que le sobraba tiempo y no sabía qué hacer. Era problema de Denton, no suyo. Que lo hubiera tenido en cuenta cuando había decidido quedarse. Si se creía que ella lo iba a entretener, estaba equivocado.

–No, gracias. La persona que me ayuda media jornada está a punto de llegar.

–Puedo ayudarte hasta que llegue.

Grace suspiró.

–Vete a dar un paseo –murmuró.

–Es una bonita forma de mandarme a la porra, ¿no?

Grace se sonrojó, pero se mantuvo firme.

Denton dio un paso al frente y la miró intensamente.

–Esta noche he soñado que hacíamos el amor –susurró.

Grace estaba muerta, pero, como la noche anterior, no podía dormirse. Se había dado un baño de espuma y se había tomado un vaso de leche caliente. Nada le había quitado los nervios. Tal vez debería ir a hablar con Zelma. Miró el reloj. Las diez.

Era pronto, pero estaba exhausta. No quería molestar a Zelma. Además, ¿qué le iba a contar? No quería airear su pasado con Denton, así que ¿para qué iba a ir?

No podía soportar estar a solas con sus pensamientos. No se quitaba a Denton de la cabeza. Desde que le había dicho que había soñado que hacían el amor, su cuerpo se había derretido y todavía no se había recuperado.

–Vete por ahí y déjame en paz –le había dicho, empujándolo.

–Maldita sea, Grace, no lo entiendes, ¿verdad?

–No quiero entenderlo.

–Me he quedado porque...

–¿Qué? ¿Qué, con un poco de suerte, volveríamos a juguetear en la cama?

Denton se puso pálido.

–No, creí que... –se interrumpió y se frotó la nuca, desesperado–. No sé lo que pensé.

–No piensas.

–¿Tanto me odias?

–Sí –mintió.

Denton suspiró profundamente.

–Supongo que está todo dicho.

No le había dado tiempo a contestar porque Denton se había ido.

Sentada sola en su habitación, deseó no haberse mostrado tan seca. Lo cierto era que ella también quería hacer el amor con él.

Al pensar en ello, sintió un calor por todo el cuerpo. Hacía mucho tiempo que no estaba con un hombre. Además, las experiencias que había tenido tampoco habían sido muy satisfactorias.

Solo Denton la había hecho sentir de verdad. Al ver que no podía tenerlo a él, había decidido no tener a ninguno.

Y, de repente, él había vuelto a su vida. Si quería, podía volver a tenerlo en su cama, pero ¿a qué precio? A uno que no estaba dispuesta a pagar.

Dándole vueltas a la idea, apagó la luz de la mesilla y se recostó en la cama.

Al principio, no sabía muy bien qué la había despertado. Abrió los ojos. Volvió a oírlo. Un grito. Un grito terrible. Parecía Zelma.

Grace apartó las sábanas de un manotazo y corrió por el pasillo con el corazón en un puño. Allí se encontró con Denton, que iba en calzoncillos.

–¿Qué pasa? –preguntó él.

–Los gritos vienen de la habitación de Ed y Zelma.

Juntos corrieron por el pasillo mientras oían otro grito.

Grace llegó primero a la puerta y la abrió. Se paró en seco y Denton se chocó contra ella. Maldijo y la agarró, pero ella apenas se dio cuenta; estaba anonadada con lo que estaba viendo. Zelma sostenía el cuerpo de Ed en brazos y lo acunaba.

–Creo que… ha muerto –murmuró, con los ojos llenos de lágrimas mirando a Grace.

Capítulo Siete

–No puedo creer que no haya muerto...

–Eh –dijo Denton, abrazando a Zelma–. Va a salir de esta. No voy a decirte que no es grave porque lo ha sido, pero es un hombre fuerte. Además, no quiere separarse de ti.

–Oh, Denton, muchas gracias a ti y a Grace. No sé… –se le quebró la voz.

–Shh, no te preocupes –le sonrió–. Si sigues preocupándote, vas a acabar en la cama de al lado a la suya.

–Le daría otro ataque si eso sucediera –dijo Zelma, intentando sonreír.

Grace los observó mientras pensaba lo duro que se había mostrado Denton durante aquella odisea. Hacía solo tres horas que los gritos desesperado de Zelma habían despertado a toda la casa. Se sentía como si llevara varios días sin dormir. Tenía los ojos como llenos de arena.

Denton también tenía un aspecto parecido, pero en ningún momento parecía estar quedándose sin energía. No sabía qué habría hecho si él no hubiera estado allí. Se habría hecho cargo de la situación, por supuesto, porque no le habría quedado más remedio. Sin embargo, no habría sido fácil dados los problemas que había tenido en el pasado y la histeria de Zelma.

Mientras esperaban a que los médicos fueran a decirles qué tal estaba Ed, Grace se levantó a estirar las piernas. En ese momento miró a Denton, que también la estaba mirando. Estaba mirando sus pechos. No llevaba sujetador.

Grace sintió que los pezones se le ponían duros y se marcaban contra la tela de la camiseta. Se dio cuenta de que él también lo había notado porque la intensidad de sus ojos aumentó. Grace sintió que no se podía mover. Volvieron a mirarse y sintió un terrible calor por todo el cuerpo.

Apartó la mirada y miró a Zelma, que estaba mirando por la ventana. Fue hacia ella y le puso el brazo en la cintura.

–Oh, Gracie, tengo mucho miedo.

–¿No sería mejor llamar a vuestros hijos?

–Si no mejora, los llamaré –contestó Zelma–. Lo prometo, pero todos viven muy lejos.

–Como te ha dicho Denton, va a salir.

–Efectivamente –todas las miradas se centraron en el médico que había salido a informarlos–. Ha sufrido un ataque al corazón, pero el daño ha sido mínimo.

–Dios mío, gracias a Dios –gritó Zelma.

–Lo vamos a tener en observación toda la noche –continuó el médico– y parte de mañana. Le haremos unas cuantas pruebas y podrán llevárselo.

–Muchísimas gracias, doctor –dijo Denton estrechándole la mano.

–Señora Brenner, si quiere, puede pasar a verlo.

Cuando Zelma se fue, la diminuta sala de espera se tornó silenciosa. Grace se cruzó de brazos e intentó controlar los temblores. No podía perder los nervios no, ya había pasado todo. Gracias a Dios, Ed no había muerto e iba a recuperarse.

–¿Estás bien?

–No –contestó sinceramente.

–Eso me parecía.

–¿Y tú?

–No te preocupes por mí. Todos los días me tengo que enfrentar a una crisis, aunque no sea la vida de una persona lo que está en juego. Claro que, tal y como se portan algunos de mis clientes, cualquiera diría que así es.

Grace no dejaba de temblar.

–Yo lo odiaría.

–A veces, a mí me pasa.

–¿Y por qué no cambias de trabajo?

–¿Cómo hemos llegado a hablar de mí? –preguntó él, enarcando una ceja–. Eres tú la que tiene un aspecto lamentable.

Grace se mordió el labio inferior.

–Últimamente, no he dormido mucho.

–Yo, tampoco –se miraron a los ojos–. Grace –murmuró acercándose a ella.

–Eh, vosotros. Ed pregunta por vosotros. Venid conmigo.

La voz de Zelma la sacó de sus pensamientos, pero todavía temblaba y no se podía quitar de la cabeza que Denton la acababa de besar.

Volvió a estremecerse.

Su BMW estaba arreglado, lavado y abrillantado, listo para que se lo llevara. Denton lo vio a la mañana siguiente, por la ventana. Era como si el coche lo estuviera llamando.

Entonces, ¿por qué no se subía en él y se volvía a Dallas?

La verdad era que estaba disfrutando de la paz y la tranquilidad que reinaba allí; estaba apreciando tener la oportunidad de pararse a oler las rosas. La rosa más bonita era, sin duda, Grace. Aunque no tuviera ninguna oportunidad con ella, necesitaba aquel tiempo. Se lo había ganado.

Sabía que no ganaba nada quedándose en Ruby. Estaba claro que Grace no quería que se quedara, aunque sabía que su presencia no era tan indiferente como ella quería aparentar. Había visto fuego en sus ojos cuando lo había pillado mirándole los pezones.

Mirar era lo único que iba a conseguir. Tendría que aceptarlo e irse. Además, Ed ya estaba curado, así que ya nadie lo necesitaba por allí.

Y en la oficina, sí. Debería regresar a Dallas y volver a Ruby cuando su cliente pudiera recibirlo. Así de sencillo.

No sabía cuánto tiempo más iba a aguantar

Todd sin enfadarse. No lo había llamado para decirle que había decidido tomarse unos días de vacaciones, algo que no había hecho en todos los años que llevaba en la empresa. A menudo, pensaba que el exceso de trabajo lo había ayudado a sobrellevar el fracaso de su matrimonio.

Desde que Marsha y él se separaron, no pensaba casi nunca en ella. Le pareció raro. Era como si la vida que había compartido con ella no hubiera sido real. No tenían casi nada en común y no habían pasado mucho tiempo juntos. Eso había sido culpa suya. Siempre había querido tener un buen puesto de trabajo. Sus padres lo habían presionado para que así fuera. El éxito de una persona se medía por el sueldo que tenía.

Ya no pensaba así, pero no había podido salirse de la rueda... Hasta que había vuelto a Ruby. Debía darle las gracias a Grace, pero no podía decírselo. Si la miraba, veía pánico en sus ojos.

Aquella reacción también era culpa suya. Daría cualquier cosa por poder arreglar los errores del pasado, pero no sabía cómo hacerlo.

La quería tener entre sus brazos; la quería en su cama. No podía negárselo ni a ella. Había algo en ella, en ellos, que era explosivo. No podía explicarlo, pero no había cambiado, a pesar del tiempo que había transcurrido.

Estaba tan colado por ella como hacía años. La veía en la cocina y la deseaba. La veía haciendo cualquier cosa y la deseaba.

No quería una relación seria. Ni en esos momentos, ni nunca. Era demasiado lío responsabilizarse de otra persona.

Desde el accidente, había hecho algunas locuras, pero quedarse en Ruby por deseo era la más loca de todas.

Suspiró y se tocó el cuello, que estaba tenso.

La solución sería hacer el amor con Grace. Seguro que, así, sus músculos se relajarían. ¿Y luego qué? Grace no era de las de una noche. Además, si se volvía a acostar con ella, dudaba mucho que pudiera irse. Aquello lo paralizó.

Ya sabía lo que tenía que hacer. La cremallera subida y la mente despejada.

–Déjalo estar –se dijo a sí mismo.

Todo estaba en silencio, algo nuevo para él. Lo que necesitaba era tranquilidad. Con eso en mente, fue hacia la cocina.

Vacía.

¿Dónde estaría Grace? Todos habían desayunado ya. Mientras se servía una taza de café, la vio en el jardín. Qué joven y guapa estaba aquella mañana, con su camiseta violeta, sus pantalones cortos blancos y zapatillas del mismo color, sin calcetines.

Fue el sombrero de paja que llevaba lo que le hizo reír. Las mujeres que conocía jamás se lo hubieran puesto. Claro que tampoco se dedicarían a cuidar el jardín.

Vio que se ponía los guantes y se arrodillaba en el suelo. Iba a ponerse a quitar las malas hierbas. Decidió salir a ayudarla.

–Hola, Zelma, me alegro de que llames –dijo Grace–. No quería llamaros para no molestar a Ed.

–Está muy bien. Hemos hablado con nuestros hijos.

–Seguro que para decirles que no fueran.

–Claro. Vamos a volver a casa por la mañana.

Grace sintió una oleada de cariño al oír a Zelma referirse a su hotel como a su casa. Era un gran cumplido.

–¿Tiene que cuidarse?

–Bueno, no puede bailar el twist, pero puede bailar –El twist. Ella era muchos años más joven que Ed y seguro que no podría bailarlo. Seguro que Denton, sí. Se negaba a comenzar otro día pensando en él–. ¿Qué tal nuestro caballero?

–No lo he visto.

–Vaya, pues, cuando lo veas, dile que le estamos muy agradecidos por lo que hizo. A ti también, pero no hace falta que te lo diga.

–Se lo diré.

Zelma hizo una pausa.

–¿Sería demasiado pedir que le dieras un abrazo de mi parte?

–Zelma –murmuró Grace–, no tientes a la suerte.

–De acuerdo, querida. Bueno, te tengo que dejar. Acaba de entrar el médico. Luego te llamo.

Grace colgó y miró el reloj. Al no estar los Brenner y, como Denton mostraba poco interés por desayunar, había preparado desayuno solo para Ralph y se lo había subido a la habitación. Le había quedado muy agradecido porque estaba muy liado intentando terminar a tiempo su novela.

Hecho eso, no sabía qué hacer. Tendría que mantenerse ocupada para no volverse loca. Tener a Denton bajo el mismo techo la ponía de los nervios.

Maldición, no se había olvidado de él. Sí, la derretía con solo mirarla. No hacía falta ni que la mirara; la verdad, bastaba con que entrara en la misma habitación donde estuviera ella.

Estaba colada por él. Todavía.

Se dijo que aquello tenía que cambiar. Gracias a Dios, ya no lo quería. Era solo soledad y deseo, una combinación desastrosa. Con suerte, esa vez necesitaría menos tiempo para recuperarse. En su corazón, sabía que no tenían futuro, que él solo quería acostarse con ella y que, luego, se iría.

Pertenecían a dos mundos diferentes y eso no iba a cambiar. Tampoco ella quería que cambiara. Ella no podría vivir en la ciudad y él no podría hacerlo en el campo. Sus diferencias no solo concernían al lugar en el que cada uno prefería vivir.

Había conocido al Denton adolescente, pero no conocía al hombre en el que se había convertido.

–¡Dios! –murmuró. Sintió claustrofobia y decidió salir a dar una vuelta.

Se fue al jardín. A mitad de camino, se dio cuenta de que la estaban observando. No sabía ni cómo ni por qué, pero lo sabía.

Denton. Era él. Se le disparó el pulso, se arrodilló y comenzó a arrancar las malas hierbas sin piedad. Ni siquiera levantó la mirada cuando lo vio salir de la casa e ir hacia ella.

–Sé que hoy no vas a rechazar mi ayuda.

Capítulo Ocho

Sin esperar a que le diera permiso, Denton se arrodilló junto a ella y comenzó a arrancar malas hierbas. Grace comenzó a respirar de forma irregular y temió que él la oyera.

–¿Siempre haces lo que te da la gana? –preguntó, rompiendo el silencio.

Denton la miró y sonrió.

–Si creo que es necesario, sí.

–Y esto te parece necesario, ¿no?

–Sí, porque hay más malas hierbas que flores –contestó sonriendo todavía más–. Además, hace ya mucho tiempo que estoy acostumbrado a meter las manos en lo peor.

Grace no pudo evitar reírse.

–Si tus colegas de la oficina te vieran, creerían que has perdido la cabeza.

–Seguramente, pero ojos que no ven, corazón que no siente, ¿no?

–Sí, exacto.

–¿Y el huerto? –preguntó él, mirando más allá –Grace se echó el sombrero hacia atrás y se secó la frente. Se dio cuenta de que la estaba mirando de nuevo. Era una mirada insistente. Y estaban muy cerca, casi hombro con hombro–. ¿Sabes que ese sombrero te queda muy bien?

Grace se sonrojó y rezó para que él no se diera cuenta.

–¿Te burlas de mí?

–No, lo digo en serio. Te queda... no sé –sonrió–. Pareces más joven, quizá, como una niña. No sé, simplemente me gusta. Como el delantal... Tú eres así.

–Pintoresca.

–¿Por qué siempre te menosprecias?

–No lo hago –le contestó–. Me parece que te burlas de esta ciudad igual que te burlas de mí. Seguro que, cuando vuelvas a la oficina, harás chistes.

–No creo.

–Espero que no porque mi vida, incluyendo cocinar y ocuparme del jardín, me reporta una gran felicidad.

–Eh, que no tienes que convencerme de nada. Te comprendo. Si yo tuviera una válvula de escape así...

–No tomarías tantos antiácidos.

Denton no se enfadó ante su sinceridad. Al contrario. Sonrió, haciendo que a Grace se le encogiera el corazón.

–No voy a negar la verdad.

Siguieron trabajando en silencio, como si él estuviera pensando en lo que ella le había dicho. Entonces, Grace tuvo que levantarse. No aguantaba más en la misma postura. Denton parecía encantado, pero ella estaba sudando. No hacía mucho calor, unos 27ºC, pero la humedad era más alta de lo normal.

Denton se levantó también y se secó el sudor de la frente con un pañuelo.

–¿Vamos con las verduras? –preguntó.
–¿Lo dices en serio?
–Claro.
–Gracias por ayudarme, pero…
–Mira, no tengo nada que hacer y, aunque lo tuviera, quiero ayudarte.
–Siempre tuviste buena mano para la jardinería, se me había olvidado.
–A mí, también –dijo él, como apenado.
–Bueno, pues vamos allá –dijo Grace. Le volvía a faltar el aire. Claro que, siempre que lo tenía cerca, le pasaba lo mismo. Debía aceptarlo y llevarlo lo mejor posible.
A la media hora, habían terminado. Estaban sucios y sudados. Grace estaba encantada de que los dos jardines estuvieran preciosos. Lo malo era lo obvio que resultaba tener que plantar más cosas en el huerto.
–Me parece que voy a ir al vivero –apuntó.
–Te llevo –se ofreció Denton.
–No hace falta.
Denton exhaló un suspiro.
–¿Qué tal si no discutes por una vez? ¿Crees que serías capaz?
–Creo que sí –contestó ella, controlándose.
–Bueno, vamos progresando.
Grace se dio cuenta de que tenía que tranquilizarse. Había dejado que se quedara, así que debía pagar las consecuencias. Cuando lo había hecho, no sabía que él se iba a convertir en su sombra. Le gustaba, pero era peligroso. Volvió a decirse que no debía dejarlo entrar de nuevo en su corazón.

Una vez en el coche, su cercanía se hizo más patente que en el jardín. Tal vez, porque el espacio era más pequeño o porque allí olía su colonia, mezclada con el dulzor de su cuerpo. Un cóctel potente.

Suspiró y apretó los dientes. «Pasa. Se va a ir pronto. Esto es solo una diversión para él. En cuanto en Dallas las cosas se desborden y él se aburra de tanta cosa pintoresca, se irá sin mirar atrás», se dijo.

–¿Dónde está el vivero? –preguntó Denton, sacándola de sus pensamientos.

–En la calle Sycamore, donde ha estado siempre.

–Sí, era de una profesora y de su marido. Flora y Abe Mantooth, ¿no?

–Sí. Ella era profesora y él se encargaba del vivero, pero ha muerto.

–Ella me dio clases de matemáticas.

–A ti y a todos.

–Debe de tener más años que carracuca.

Grace sonrió.

–Más o menos.

–No sonríes muy a menudo –dijo él, mirándola–. Tal vez sea solo conmigo, por haber irrumpido en tu vida y haberla puesto patas arriba.

–No creo que quieras que te conteste a eso.

–No, la verdad es que no. Bueno, ya hemos llegado. Se me había olvidado lo fácil que es moverse en una ciudad pequeña.

–Se agradece, ¿verdad? –dijo Grace. Se quedaron mirándose a los ojos durante un segundo.

–Sí –contestó él con una mirada ininteligible.

–Aquí está la señora Flora –Grace se quitó el cinturón–. Siempre reconoce mi coche.

–Eres una clienta habitual, ¿eh?

–Necesita el dinero.

Salieron del coche y fueron al encuentro de aquella mujer que, a pesar de estar enfermizamente delgada y arrugada por trabajar bajo el sol, dedicó a Grace una gran sonrisa.

–Qué bien que has venido. Acabo de recibir unas tomateras nuevas.

–Estupendo –contestó Grace, mirando a Denton–. ¿Lo reconoce?

Flora lo escudriñó.

–Claro, eres Denton Hardesty, uno de los alumnos más problemáticos que he tenido.

–Exacto –dijo Denton tendiéndole la mano.

–Nada de darme la mano, chico. Prefiero un abrazo –Denton se rio y ella le dio un abrazo de oso–. Qué gusto verte. Siempre fuiste un chico mono, pero ahora eres un hombre muy guapo.

–Muchas gracias –contestó Denton mirando a Grace.

A ella se le aceleró el pulso. «Cuidado, estás dejando que te encandile. Recuerda que no es de los que se compromete», pensó.

–¿Ha mejorado algo el negocio? –Grace cambió de tema.

–No. De hecho, la gente se está yendo al vivero que han abierto junto a la carretera.

–Tendría que hacer publicidad –sugirió Grace enfadada con la gente de la ciudad que se iba al otro establecimiento.

–No puedo, cariño. Solo saco para aguantar –contestó con los ojos llenos de lágrimas–. Lo hago, más que nada, por Fred. Se revolvería en la tumba si supiera que quiero cerrar esto.

–¿Quiere usted cerrarlo, señora Mantooth? –preguntó Denton.

–No, claro que no. Me encanta vender plantas y flores. Además, no tengo hijos ni familia, así que me distraigo. Grace sabe a lo que me refiero, ¿verdad, cariño?

–Por desgracia sí, Flora –contestó ella, notando los ojos de Denton. No quiso mirar. Lo último que necesitaba era ver que la miraba con compasión.

–Me gustaría ayudarla –se ofreció Denton. Se dio cuenta de que no había tomado un solo antiácido desde que había llegado al jardín–. Muy bien, Flora, dígame lo que necesita.

–Como verás, de todo.

Grace miró a su alrededor y vio que era cierto. Los invernaderos estaban que se caían y los aparadores donde estaban las flores y las plantas estaban tan desvencijados, que podían caerse en cualquier momento. El edificio que hacía las veces de oficina y en el que se guardaban las especies de interior estaba todavía peor. Tenía el tejado tan mal que, cuando llovía, los clientes tenían que poner cubos.

–Voy a dar una vuelta y ahora vuelvo. A ver qué puedo hacer –dijo Denton.

–¿Lo dices en serio?

–Por supuesto.

–Pero si ya no vives aquí.

–No voy a dejar que nadie le haga la faena a mi profesora favorita –contestó Denton con una sonrisa.

–Bazofia –dijo Flora contenta.

Y agradecida. Grace se dio cuenta de que estaba como si se hubiera quitado varios años de encima. Bendito Denton. No conocía esa faceta suya, claro que no lo conocía como adulto. No se podía imaginar que fuera tan solícito. Se dio cuenta de que era un completo desconocido para ella.

–Si hubiéramos dicho eso en su clase, nos habría mandado al despacho del director –se rio Denton.

–Sí, pero antes os habría lavado la boca con jabón –apuntó ella sonriendo.

–¿Cuántos años tiene usted, Flora? –preguntó él.

–Ochenta y uno –contestó la mujer sin ofenderse.

–Vaya –dijo Denton girándose hacia Grace–, ya no las hacen como ella.

–Claro que sí –sonrió Flora–. Grace trabajará hasta el día que se muera.

–¡Flora! –exclamó Grace.

–Es verdad.

Denton volvió a reírse.

–Venga, vamos a elegir las plantas. Tengo que volver a casa a trabajar –apuntó Grace.

Flora la ayudó a escoger los mejores ejemplares. Una vez cargado el maletero, se fueron.

–Gracias –le dijo Grace a Denton de vuelta a casa.

–¿Por qué?
–Ya sabes por qué. Flora no puede más.
–Es obvio. Quiero que me pongas en contacto con sus proveedores y con su banco. Quiero que tenga dinero líquido.
–No me puedo creer que estés haciendo esto.
Denton la miró durante unos segundos.
–Siempre me ha gustado revolver el barro y trabajar con las plantas, pero no he tenido tiempo. Así que…
–Nunca te dedicaste a ello –concluyó Grace.
–Sí, más o menos.
–Tal vez, si lo hubieras hecho, no tomarías tantos antiácidos.
–Por eso me he quedado en Ruby. Sorprendida, ¿eh?
–Sí.
–¿Me enseñarás a relajarme?
Menuda preguntita.
–Denton…
–Olvida que lo he dicho –murmuró.
Habían llegado, así que no tuvo que responder. Grace cruzó los dedos para que él no fuera al jardín con ella, pero no hubo suerte. Como antes de ir al vivero, se puso a trabajar con ella y no paró hasta haber plantado todas las hortalizas.
–Muchas gracias por haberme ayudado –le dijo. Por una parte, se sentía agradecida, pero, por otra, estaba molesta. No le había pedido que la ayudara. Lo que quería era que la dejara en paz.
Mentirosa.

–Me lo he pasado fenomenal –contestó él–. Volveré luego y seguiré.

Grace decidió no protestar. Era más fácil rendirse que discutir con él. En algunas cosas, claro.

–Vamos dentro a tomar un té.

Permanecieron en silencio mientras daban unos tragos al té con sabor a melocotón. La especialidad de la casa.

–Está buenísimo.

–Gracias –contestó ella, sintiendo de nuevo aquel sofoco.

–¿Sabes una cosa?

–¿Qué?

–Tienes barro en el labio.

Antes de que pudiera decir nada, Denton se lo había quitado con la punta del dedo.

–No –murmuró sintiendo una punzada de deseo en su interior–. Se está convirtiendo en una costumbre.

–¿Qué?

–Tocarme.

Capítulo Nueve

–Lo... sé –susurró él, bajando la cabeza–. No puedo evitarlo.

–Denton... –Grace rogó, sin saber muy bien por qué. Su cercanía y sus caricias la estaban volviendo loca.

–Me encanta que digas mi nombre así.

Su boca estaba tan cerca que sentía su aliento, lo podía saborear.

–No... deberíamos.

–Sí deberíamos –Grace intentó mover la cabeza, pero él le acarició el labio inferior con el pulgar y se lo impidió–. Grace...

Escuchar su nombre dicho con tanto deseo fue su perdición. Sus propias advertencias se las llevó el viento, y abrió la boca.

Denton gimió mientras la agarraba salvajemente de los hombros e introducía su boca en la de ella. Grace creyó que se quedaba sin aliento cuando notó sus labios ardientes y su lengua juguetona. Le flaquearon las piernas y, si él no hubiera estado tan cerca sujetándola, se habría ido al suelo.

Denton volvió a gemir, sin dejar de besarla con pasión, mientras apretaba el cuerpo de Grace contra el suyo. Ella sintió su erección y recordó aquella noche de hacía tanto tiempo, cuando nada se interponía entre ellos.

Solo piel y piel.

Grace no hubiera querido que sucediera, pero no podía pararlo. El calor de los labios y del cuerpo de Denton la estaban volviendo loca.

Había intentado convencerse de que la razón vencería al deseo, de que era inmune a él, pero se dio cuenta de que se había equivocado. Tanto su cabeza como su cuerpo lo recordaban y lo anhelaban, pero sobre todo su piel. ¿Cómo había dejado que aquello ocurriera? ¿Cómo no había visto su ataque?

–Grace, Grace –murmuró él sin dejar de lamer el dulce néctar de sus labios.

Tenía que ser fuerte. Tenía que pararlo ya. En lugar de eso, notó que los pechos y los pezones se endurecían y sus piernas se abrían para dejar paso a su mano, que había conseguido humedecerla.

–Te deseo. Vamos a mi habitación.

Aquellas palabras la hicieron volver a la realidad. Hizo un esfuerzo sobrehumano para apartarse de él. Se miraron a los ojos durante unos segundos, con la respiración entrecortada.

Habían estado a punto...

Grace no podía controlar los temblores, así que se cruzó de brazos y luchó por contener las lágrimas. Deseó ser invisible. Si hubiera seguido un minuto más, tal vez, habría cedido y habrían acabado haciendo el amor en la cocina, allí mismo, en el suelo.

–Grace, no pasa nada –dijo Denton, no muy convencido. Tenía la voz pastosa y estaba pálido.

–Sí, sí pasa –contestó ella lo más dignamente que pudo.

–Nunca te habría hecho nada que tú no hubieras consentido.

–No te creo.

–Claro que me crees –dijo él en voz baja.

Tenía razón. Grace sabía que jamás la habría forzado. El problema era ella. En un momento de pasión, lo habría dejado hacer lo que quisiera; eso era lo que la mortificaba, pero no podía decírselo. No iba a humillarse más.

–Por favor, déjame en paz –le pidió, apartando la mirada de él y mordiéndose el labio inferior.

–Tú... no hemos hecho nada malo, Grace. Tú me deseabas y yo te deseaba. No tiene nada de malo.

–Sigues sin comprenderlo, ¿verdad? –le espetó con los ojos muy abiertos.

–Yo sí lo comprendo. La que no lo comprendes en absoluto eres tú.

–Sigues siendo un auténtico imbécil.

Una sombra de dolor oscureció el rostro de Denton.

–No puedo cambiar el pasado. Si pudiera...

–Yo lo he conseguido –aseveró ella.

Denton abrió la boca para contestar, pero no dijo nada. Se dio la vuelta y salió de la cocina. Grace oyó la puerta principal que se abría y se cerraba.

Bien. Se había ido. Ojalá fuera para siempre, pero sabía que no iba a ser tan fácil salir de aquel embrollo. No, porque ambos sentían un deseo irrefrenable.

Consiguió poner un pie delante del otro y llegar a su habitación. Se desvistió inmediatamente y se metió en la ducha para intentar borrar a Denton de su cuerpo y de su mente.

Sintió deseos de llorar, apoyó la frente contra los azulejos y dejó que el agua le cayera por encima, acompañada de una lluvia indeseada de recuerdos.

Tras haber hecho el amor aquella maravillosa tarde de primavera, había estado segura de que Denton la quería. Creía firmemente que se iban a casar y a vivir felices.

Pero todo se había ido a pique. Dos días después, Denton le dijo que se iba a vivir a otro estado. Ella no se había alterado demasiado porque había creído que, una vez instalados, le diría que se fuera con él.

Habían hecho el amor. Era suya.

Aun así, no había podido evitar llorar y él la había consolado con besos.

–No llores, Grace –le suplicó, besándola por toda la cara–. Nos veremos dentro de poco.

–¿Me lo prometes? –preguntó en un susurro, mirándolo con ojos esperanzados.

Él le agarró la mano y se la puso en el pecho.

–Te lo prometo.

No fue así. Después de mudarse, su padre había tenido el accidente y, aunque se habían escrito y habían hablado de vez en cuando por teléfono, había vuelto a verlo hasta el día en el que se había presentado en su casa.

Nunca supo por qué, y seguía sin saberlo.

¿Cómo había podido besarlo con tanto deseo? ¿Cómo había podido dejarse llevar así? Se sintió avergonzada. Pudo haberlo parado y no lo había hecho.

Tenía que irse; seguro que tendría que irse pronto. Con esa esperanza, salió de la ducha, se vistió y bajó.

Connie Foley, la mujer que la ayudaba, estaba limpiando el vestíbulo. Era bajita y delgada, con un carácter muy dulce. Sin ella, Grace no podría dirigir el hotel.

–He visto que tenemos otro huésped –dijo Connie tímidamente–. Es maravilloso. Volvemos a estar al completo.

Grace frunció el ceño sin querer y se forzó a sonreír.

–Puede que se vaya pronto.

–Ah –dijo Connie confusa.

En ese momento aparecieron los Brenner, y Grace corrió a abrazarlos.

–Ya tienes a todas las gallinas en casa –bromeó Zelma con Connie.

–Exacto. Mis huéspedes son mi familia –dijo Grace.

–Lo sé, cariño –sonrió Zelma–. Nos alegramos mucho de estar aquí otra vez.

–Sí, sobre todo, porque la comida del hospital es malísima –puntualizó Ed.

Todos rieron y, mientras ellos se acomodaban, Grace fue a la cocina a preparar la merienda. Rezó para no ver a Denton. Gracias a Dios, no habían preguntado por él.

Entonces, se acordó de la promesa que le había hecho a Flora. No podría irse hasta que la hubiera cumplido. ¡Maldición!

Puso el queso, los emparedados de pepino y las galletas caseras en una bandeja. Entonces sonó el teléfono.

Era Roger, dueño de la tienda de ultramarinos y alcalde. Un hombre al que no solía ver mucho, porque Connie se encargaba de la compra, pero de un gran corazón. Todo el mundo lo apreciaba.

–¿Qué tal está Cynthia? –le preguntó.

–Bien, mi mujer está bien. En realidad, todos estábamos muy bien hasta ayer.

–¿Qué ha pasado?

–Algo espantoso. Están pensando poner una central nuclear en Ruby.

–¡No puede ser! –exclamó Grace, sentándose.

–Todos pensamos lo mismo.

–¿Qué podemos hacer?

–Tenemos que organizarnos y luchar contra esos bastardos.

–Contad conmigo.

–Muy bien.

Grace colgó el teléfono y permaneció sentada un rato. Una central nuclear en Ruby. Las consecuencias eran imprevisibles, sobre todo para ella, como dueña de un hotel. Dejó caer la cabeza entre las manos, desesperada.

Primero Denton y luego aquello. ¿Qué más?

–¿Te importa que una vieja te bese?

–Claro que no –contestó Denton–. De hecho, no hay nada que me apetezca más.

«Sí, hay una cosa. Estar con Grace, verla trabajar en la casa y en el jardín, ver esa sonrisa cautivadora que le ilumina la cara», pensó, sin poder evitarlo. Pero, como eso no podía ser, se conformaba con que Flora le diera un beso en la mejilla.

Al salir, se había montado en el coche y no había sabido dónde ir. Al verse en Austin, había decidido buscar un albañil para Flora.

Se lo acababa de decir a la mujer.

–Eres un buen hombre, Denton Hardesty –le dijo besándolo.

–Gracias.

–Así que el albañil viene mañana.

–Los albañiles. Son varios y sí, mañana van a arreglar todo esto.

–No me lo puedo creer –dijo Flora con lágrimas en los ojos.

–No podemos dejar que los nuevos arruinen a los que llevan toda la vida aquí.

–¿Y Grace? ¿No ha venido contigo?

–Estaba muy ocupada para acompañarme.

–Si yo tuviera su edad, no lo estaría, dalo por seguro. Te ataría con correa corta.

Denton se rio y le sentó bien.

–Y yo la dejaría.

Le hacía bien estar con Flora. Era lo que necesitaba. Y una buena ducha fría, claro. Su rechazo lo había enfurecido. ¿A quién creía que estaba engañando? Ella lo deseaba tanto como él. No la había obligado a que lo besara. Lo había hecho porque había querido.

También había sido ella la que lo había parado. Mejor, porque hacer el amor con ella no era precisamente lo más inteligente, por mucho que lo deseara. Demasiadas complicaciones. Demasiado ataduras.

Les había hecho un favor a los dos. Solo le quedaba convencer a su cuerpo de ello.

–Espero vivir lo suficiente como para devolverte esto –dijo Flora.

–Olvídelo. Aunque se hiciera millonaria, no aceptaría ni un centavo. Lo hago porque quiero.

–Sí, eres un buen hombre y te mereces una buena mujer.

–¿Y si usted y yo nos comprometemos?

Flora le dio una palmada en el hombro.

–Anda, vete de aquí, que esta vieja tiene que trabajar.

Denton se dio una vuelta en coche por la ciudad. Vio todo lo que había cambiado. La pequeña ciudad había crecido y para mejor. Era una pena que no hubiera nada que lo retuviera allí.

Grace.

Apretó el volante hasta que los nudillos se le quedaron blancos. Sí, vivía allí, pero no era para él. Había tenido una oportunidad y no la había aprovechado. Ya no había nada que hacer. Mejor para los dos. Si no fuera por el vacío que sentía, que atribuyó al deseo no satisfecho, se lo habría creído, pero no podía.

Si tuviera sentido común, se haría un favor a sí mismo y a ella y seguiría conduciendo hasta Dallas, que era su hogar. Aquella ciudad le era extraña y la mayoría de sus habitantes, también. Ya no tenía nada en común con ellos y no quería tenerlo.

Su vida y sus necesidades estaban en Dallas.

De repente, se dio cuenta de que estaba en el cruce de la autopista. Dudó. Giró y volvió al hotel, a Grace.

Capítulo Diez

Grace estuvo como un robot el resto de la tarde. La llamada del alcalde la había afectado mucho. Había hablado con otras personas. Algunas lo sabían y otras no, pero todas estaban de acuerdo en que no querían la central; tenían miedo por sus negocios.

Si perdía la forma en la que se ganaba la vida, no tendría más remedio que volver a... ¡No! No quería ni pensarlo. Sintió pánico. No iban a elegir Ruby. Simplemente, no iba a ser el sitio elegido.

Se encontró pensando en Denton de nuevo. No había ido a merendar. Mejor, pero no podía evitar girar la cabeza cada vez que oía el ruido de la puerta.

Creía que, como tenía muchas cosas que hacer, no pensaría en él.

Se había equivocado.

Tanto sus pensamientos como su corazón estaban pendientes de él y de aquel beso letal. Aunque se había recriminado a sí misma su participación, la verdad era que no hubiera querido que acabara. Todo lo que sentía por él, el amor que le evocaba, había vuelto y tenía el corazón roto de nuevo.

No lo quería. Incapaz de soportar tan solo esa posibilidad, salió de la cocina y se fue al jardín. Tomó aire varias veces y se sintió mejor. No podía aguantar estar encerrada. Necesitaba aire y espacio.

Tal vez su sueño se había hecho realidad. Quizá, se hubiera ido, el beso lo habría asustado, estaría de camino a Dallas.

Por un instante, esa idea le pareció maravillosa, pero sabía que no podía huir de lo que sentía. Ya lo había intentando una vez y no había funcionado. Tenía que enfrentarse a ello y vencerlo, estaría perdida.

No era justo. Le había roto el alma y lo había superado; no podría soportarlo otra vez. Tenía que ser fuerte y decidida, recomponerse una vez más.

En cuanto se fuera.

Echó los hombros hacia atrás y entró en el cobertizo, donde guardaba las herramientas de jardinería. Poco después, estaba en el jardín, de rodillas y quitando malas hierbas. Mantenerlo bien era un trabajo diario duro, pero aquel día era una buena válvula de escape.

–¿Necesitas ayuda?

Grace levantó la mirada y vio a Zelma en el porche con un vaso de té con hielo.

–No, gracias. Ve a cuidar a Ed.

–No te puedes imaginar, el viejo bobo, está ahí sentado dándome órdenes todo el día.

–Y a usted le encanta.

–Pues sí, tienes razón. Estoy encantada de que se vaya a poner bien.

–Así es –contestó Grace, quitándose el sudor de la frente.

–¿Por qué no le dices a Connie que lo haga ella?

–Porque tiene que hacer muchas cosas dentro.

–Yo te ayudo si quieres.

–Ni por asomo. Usted es una huésped. Debo cuidarla.

–Eso es una tontería. He trabajado toda mi vida.

–Pero ya no. Ed se encarga de eso. Así que relájese y disfrute.

–Bien. Voy a sacarlo a dar un paseo y luego estaremos descansando en el balancín.

Grace sonrió.

–Me parece un buen plan. Hasta luego.

Se sentó en el césped. Pensó en entrar a por algo de beber. Si se lo hubiera pedido, Zelma se lo habría llevado. «Luego», pensó. Se estaba haciendo tarde y quería terminar de plantar aquellas flores. No le apetecía que llegara la noche, porque sabía que iba a sentirse sola y desamparada. Por culpa de Denton.

Si no hubiera vuelto a Ruby, no estaría tan alterada. Oyó su coche y se le disparó el corazón. Había vuelto. La emoción y el miedo la impidieron moverse hasta que notó que lo tenía detrás.

–Algo me dice que nos ha mordido el mismo insecto.

Grace se levantó. No iba a hablar con él estando sentada. Aunque él era mucho más alto, de pie estaban más iguales, al menos psicológicamente.

–¿A qué insecto te refieres? –le preguntó, intentando que no le temblara la voz. Vio en los ojos de Denton como un atisbo de desamparo, como si no supiera qué hacer. Vaya, normalmente, desprendía confianza en sí mismo.

–Al trabajo –contestó en un murmullo, mirándola el escote–. Parece que es lo único que te hace feliz.

Grace se ruborizó. En cuanto lo tenía cerca, percibía una oleada de vibraciones sexuales. No sabía cuánto tiempo más iba a aguantar aquel juego del gato y el ratón.

–Supongo que sabes de lo que hablas –contestó sin convicción y sin mirarlo.

–¿Sigo teniendo mi habitación?

Se miraron durante un instante, pero ambos apartaron la mirada rápidamente.

Grace tomó aire. Era su oportunidad para decirle que no, que se tenía que ir, lo que fuera.

–Eso... depende de ti –contestó.

–Me gustaría quedarme.

–Denton...

–¿Te apetece que vayamos al porche? Si no has terminado, puedo hacerlo yo luego.

La idea de hablar con él, como si todo fuera como la seda, no le gustaba, pero no quería que supiera lo atraída que se sentía por él ni el miedo que le daba todo aquello.

Fue hacia el porche y se sentó en un extremo del balancín. Por suerte, él eligió la mecedora.

–No podría haberte reprochado nada si me hubieras echado.

Grace se sonrojó porque sabía que se refería al beso.

–No quiero hablar de ello.

–¿Ayudaría una disculpa?

–No.

–Ya me lo imaginaba –contestó mirándola a los ojos–. De todas formas, no te iba a pedir perdón porque no me arrepiento.

La intensidad de su mirada la estaba abrasando y le sacó los colores.

–No pasa nada –mintió–. Pero no lo vuelvas a hacer.

Denton no contestó.

–He estado en el invernadero.

–¿Con Flora?

–Sí, pero primero he ido a Austin.

–No te sigo –Denton le explicó lo que había hecho–. ¿Así de fácil?

–Bueno, a ver si todo sale bien.

–Estoy impresionada y encantada.

–Eso esperaba –Grace prefirió no pararse a analizar aquello. No quería meterse más en el lodazal.

–Espero que sea todo en vano.

–¿Por qué dices eso? –Grace le contó la conversación con el alcalde–. Hay que pararlo.

–Todos pensamos lo mismo, pero ya sabes todo lo que hace falta para luchar contra una cosa así.

–¿Te importa que me mueva un poco y vea lo que puedo hacer?

–¿Por qué lo ibas a hacer? –preguntó escéptica.

–Me parece que lo sabes perfectamente –contestó con voz ronca, mirándola intensamente–. Por ti.

Grace se puso en pie.

–Para, maldita sea.

Denton no pudo defenderse; ella entró en la casa dando un portazo.

Odiaba llorar.

Y odiaba todavía aquella sensación de catástrofe que se había apoderado de ella. Había intentado dormir, pero no podía, así que decidió bajar a la cocina en plena madrugada para tomarse un vaso de leche caliente.

Sacó la taza del microondas y, al agarrarla, le temblaba tanto la mano que se le cayó toda la leche al suelo. Aquello era lo de menos. Notó que se le estaba acelerando el corazón, que le costaba respirar y que le daba vueltas la cabeza.

Le estaba dando un buen ataque de ansiedad, como hacía tiempo que no le daba. Llorando, fue hacia el armario donde guardaba los medicamentos. Se tomó un comprimido y se apoyó en la encimera, esperando que la habitación dejara de dar vueltas.

–Grace, ¿qué diablos te pasa?

No, él no. La razón de su ataque de ansiedad, en vivo y en directo.

–Vete, Denton –sollozó–. Tienes el don de la inoportunidad.

–Grace, solo quiero ayudarte. Estás enferma, hasta yo puedo verlo.

–¡No! –gritó–. Solo me está dando un ataque de ansiedad.

No era normal que se lo dijera a la gente; no le gustaba admitir que tenía ese punto débil. No podía creer que se lo hubiera dicho. A él, el culpable de todo.

Denton se acercó, le puso las manos en los antebrazos y la acercó a su cuerpo con suavidad.

–Por favor, deja que te abrace –le pidió.

Grace pensó que aquello era el paraíso. Se sintió a salvo, protegido en el calor de sus brazos.

«¡Loca!», se dijo.

–Grace, Grace –susurró–. Lo siento –añadió, acariciándole la espalda.

Ella no podía hablar, solo abrazarlo con fuerza.

Capítulo Once

Denton sabía que lo mejor sería apartarla de él, lo mejor para los dos, pero cómo iba a hacerlo si estaba abrazada a él con todas sus fuerzas. No se engañaba; ella estaba asustada por alguna razón y necesitaba que la reconfortara. No iba a aprovecharse de su dolor de ninguna manera. Él también había pasado por algo parecido tras el accidente.

Tenerla entre los brazos lo estaba derritiendo. Quería más, mucho más. Quería besarla, acariciar sus pechos y lamerla de arriba abajo.

Aquellos pensamientos eróticos hicieron que se excitara al momento, y supo que Grace lo estaba percibiendo, pero así eran las cosas entre ellos. De hecho, siempre habían sido así. Cuando se tocaban era como una combustión letal. Ni el tiempo ni la distancia lo habían cambiado.

Rezó para poder controlarse y no hacer nada de lo que tuviera que arrepentirse.

–Shh –le susurró–. Todo va a salir bien. Te vas a poner bien.

–No, no es cierto –contestó ella mojándole la camisa con sus lágrimas.

–Claro que sí. Confía en ello.

Grace se apartó y lo miró a los ojos.

–Odio que me pase esto.

–Me lo imagino –dijo él volviéndola a abrazar. No pudo reprimirse. La besó en la sien, en la mejilla, saboreó sus lágrimas, su piel.

Grace suspiró y lo miró lentamente con labios temblorosos. Aquello fue su perdición. Denton inclinó la cabeza y la besó, suavemente al principio y con fruición al ver que ella no oponía resistencia.

Ella gimió, pero no protestó ni siquiera cuando la mano de Denton se posó sobre su pecho. Él le agarró el pezón y pensó que era como un capullo que se fuera a abrir ante su caricia.

–Grace –murmuró, a pocos milímetros de su boca–, te deseo tanto...

–Si es así… hazme el amor.

Denton se apartó y la miró. No podía creer lo que acababa de oír. Entonces, Grace le acarició los labios mojados con un dedo y él supo que lo decía en serio.

Aunque las piernas le flaqueaban, consiguió andar. Ella iba a su lado y no intercambiaron palabras. Llegaron a su habitación, se desvistieron rápidamente y se tumbaron en la enorme cama.

–Dime qué quieres –le dijo él, observando la blancura de su piel y sus curvas, que seguían estando en los sitios adecuados.

–A ti.

Aquello fue suficiente. Se tumbó sobre ella y la besó con pasión. Temía no aguantar demasiado, así que bajó hacia el pecho, donde jugueteó con sus pezones hasta dejarlos hinchados y latiendo.

–Oh, Denton –susurró ella, agarrándolo del pelo y guiándolo hasta su entrepierna. Él sintió sus dedos, como el terciopelo, que agarraban su miembro y lo movían arriba y abajo.

Denton gimió y sintió el calor dentro de su cuerpo mientras su lengua se perdía en el ombligo de Grace. Aunque estaba muy excitado, quería alargar aquella dulce tortura; quería que aquel momento durara para siempre.

Entonces, le separó las piernas y su lengua se perdió en su humedad. Grace arqueó las caderas y gimió de placer antes de que él se pusiera sobre ella.

–Por favor, no me tortures más –le rogó, agarrándolo.

Denton se introdujo en su cuerpo lentamente, mirándola a los ojos, observando su cara mientras se movía dentro y fuera, dentro y fuera.

–¡Denton, por favor! –gritó ella.

Entonces, se quedó dentro y profundizó en sus embestidas hasta que ambos alcanzaron el clímax a la vez y él se dejó caer sobre ella.

–Mi dulce Grace –murmuró contra su pecho.

Denton la observó durante un buen rato. Quería memorizar todos y cada uno de los detalles de su cara y de su cuerpo. Quería grabarlos en su corazón para poder recordarlos cuando ya no estuviera con ella.

Se moría de ganas por acariciar uno de sus pechos, que salía entre las sábanas. La farola de la calle inundaba la habitación con su luz, que entraba a través de las cortinas.

¿Cómo iba a irse y a dejarla? Le iba a costar todavía más que la primera vez. Pero no tenía opción. Su vida estaba a muchos kilómetros de allí. Gimió y ella abrió los ojos.

Al principio parecía confusa y, al verlo observándola, sorprendida. Sonrió con la sonrisa más bonita del mundo.

–Gracias –le susurró.

–¿Por qué? –le preguntó con un nudo en la garganta.

–Por salvarme la vida.

–No creo que lo haya hecho.

–Sí, sí lo has hecho. Cuando me da uno de mis... ataques es como si me fuera a morir.

–Oh, Grace, ¿hace cuánto que te dan?

–Demasiado tiempo.

–¿Por eso has elegido quedarte aquí en Ruby, porque es un sitio tranquilo?

–Por un lado sí, pero también porque me gusta, aquí está mi hogar.

Hogar. ¿Y él tenía un hogar? No, creía que no. Aquello le creó cierta zozobra. Incluso cuando estuvo casado, no había sentido que tuviera un hogar.

Denton se apoyó en un codo y la miró a los ojos.

–¿Por qué te dan esos ataques tan terribles? –preguntó, queriendo saber todo sobre ella, aunque sabía que no tenía derecho–. ¿Fue por...? –se interrumpió buscando las palabras adecuadas.

–Porque me dejaste –concluyó ella. Él asintió con un suspiro–. No, comenzaron mucho más tarde.

–¿Grace?

Ella lo miró, pero Denton no vio nada en sus ojos. Había chocado contra un muro de hormigón. Sabía que había más, pero Grace había dicho todo lo que tenía que decir. Debía respetarlo hacía mucho tiempo que había perdido el derecho de entrometerse en su vida.

–Durante la mayor parte del tiempo, estoy bien. Tengo medicamentos para contrarrestar los ataques inmediatamente.

–Bien.

Ella se estiró y, al hacerlo, lo rozó con la pierna, lo que provocó una reacción física inmediata en su cuerpo.

–Madre mía –dijo ella, con los ojos como platos.

–Mira cómo me pones –bromeó él.

–Es mutuo –dijo Grace.

–¿Me estás diciendo que estás mojada? –preguntó, mirándola intensamente.

–Sí –contestó con dulzura.

La habitación estuvo en silencio un buen rato.

Grace se levantó de la cama y fue al baño. Se agarró al lavabo y pensó que se había vuelto loca.

Se miró al espejo, curiosa por ver si estaría distinta después de haber hecho el amor tras un período de abstinencia tan largo. No. En realidad, estaba radiante, se notaba que lo habían hecho varias veces.

¿Arrepentimiento?

No. Al menos, de momento. Si con el amanecer aparecía, ya se preocuparía entonces. De momento, estaba disfrutando de un momento maravilloso.

–¿Qué haces?

–Nada que te importe –se rio.

–Te he echado de menos.

–Me… alegro.

–Grace…

Lo dijo como un sollozo, y tenía una expresión sombría en la cara. Grace supo lo que iba a continuación. Los arrepentimientos de Denton. No quería escucharlos, nunca.

–Te toca –dijo, metiéndose rápidamente en la cama.

–¿Qué?

–Compartir tus secretos.

–¿Qué te hace pensar que los tengo?

–Mi intuición.

–Mmm.

–Venga, confiesa –le dijo dándole un codazo en las costillas.

–¿Por qué crees que tengo algo que confesar?

–Intuición femenina. Venga, confiesa. Hay algo que te hace atiborrarte a antiácidos y no creo que solo sea el trabajo.

Denton suspiró.

–Tienes razón. Hace casi un año, tuve un accidente de avión.

–Dios mío, Denton, no tenía ni idea.

–¿Cómo lo ibas a saber? Solo lo publicó el periódico de Dallas –contestó. Ella no dijo nada–.

No me pasó nada, pero fui el único superviviente.

–Es increíble.

–Lo sé. Íbamos tres. Era un bonito día de primavera y decidimos salir a dar una vuelta. Mi mejor amigo se acababa de comprar un jet privado, contrató a un piloto y despegamos. Llevábamos volando un buen rato cuando algo se estropeó –dijo apretando las mandíbulas.

Grace le agarró la mano y se la apretó.

–Continúa.

–No recuerdo mucho. Seguramente porque tengo bloqueos. ¿Quién sabe? Desde luego, los psiquiatras no tienen ni idea. La cosa es que la avioneta se precipitó al suelo. Mi amigo, que iba delante junto al piloto, murió en el acto. Yo iba detrás y, quizá por eso, me salvé.

–Va a ser muy difícil que superes ese trauma –le dijo Grace amablemente.

–Lo sé. Me siento culpable y me ha costado mucho volver a hacer una vida normal. De hecho, no lo he conseguido.

–A algunos les cuesta más que a otros.

–En Ruby me he dado cuenta de lo cansado que estoy –Grace estuvo a punto de decirle que podía quedarse todo el tiempo que quisiera en la ciudad, en su cama y en su vida. Pero pensó que no funcionaría. Si le pedía que se quedara, sería como enjaular a un animal salvaje–. Hace horas que no me tomo un antiácido.

–Mejor que los tires.

–Ahora, tal vez pueda.

Denton miró su desnudez y ella se alteró.

–Lo intentaremos –se ofreció ella, con el pulso de nuevo a mil por hora.

–No solo me he quedado porque estuviera quemado –Grace no sabía muy bien hacia dónde iba, pero no estaba muy segura de querer oírlo. Se había jurado a sí mismo que nunca iba a volver hacerla sufrir. Ya se lo había permitido al entregarle su cuerpo, pero no quería pensar en ello. Estaba a punto de amanecer–. Nunca te olvidé, ¿sabes?

–Me cuesta creerlo.

–Lo comprendo. Me comporté como un capullo.

–No voy a discutírtelo.

–Me asusté, sobre todo cuando descubrí que eras virgen.

–Eso no es excusa.

–Lo sé, pero...

–No te iba a obligar a que te casaras conmigo –dijo en tono neutral–. Tendrías que haberlo sabido.

–Lo sabía, pero era un inmaduro, no estaba preparado para tener una relación seria. Es horrible, pero es la verdad –Grace deseó no haber abierto la caja de los recuerdos. Tener que lidiar con el dolor del pasado era peor de lo que había imaginado. Sin embargo, había que hacerlo. Así, tal vez, se quedara tranquila de una vez por todas–. Además, mis padres tampoco fueron una ayuda, lo confieso. Cuando mi padre me dijo que lo trasladaban y que yo tendría que ir con ellos, me sentí casi aliviado. Luego, tuvo el accidente...

–Te manipulaban, Denton, sobre todo cuando se enteraron de lo nuestro.

–Lo sé. Me he dado cuenta con el tiempo, pero en aquel momento no lo sabía –dijo suspirando–. Y, para colmo, cometí la estupidez de casarme con una mujer a la que no quería, creyendo que saldría bien.

–¿Qué quieres que te diga, Denton, que te perdono?

–¿Me perdonas? –le preguntó con voz ronca.

«Sí, porque nunca he dejado de quererte», pensó Grace. Pero no se lo iba a decir porque su amor hacia él era problema suyo, no de Denton.

–¿Es importante para ti?

–Claro que sí.

–Entonces, te perdono –contestó en voz baja.

Él la miró con una mirada ilegible, la agarró y la colocó encima de su cuerpo.

–Hazme el amor otra vez –le rogó, frenético.

Capítulo Doce

–Es el mejor desayuno que me has hecho nunca –dijo Ed.

–Siempre dices lo mismo, Ed –contestó Grace ruborizándose, agradecida.

–Yo pienso lo mismo que él –intervino Ralph.

–Pero si solo eran huevos revueltos con beicon –objetó ella.

–Los tomates verdes fritos estaban exquisitos –intervino Zelma.

–Por no hablar de los cruasanes caseros –apostilló Ralph.

–Bueno, bueno, muchas gracias –dijo Grace, roja como un tomate.

–¿A qué debemos el placer? –preguntó Zelma.

Grace temió descubrirse. La verdad era que estaba muy contenta y que había querido impresionar a Denton, pero no había bajado a desayunar.

–Simplemente, me apetecía –contestó, intentando hacer como si no pasaba nada. En realidad, tenía el corazón helado en el pecho. ¿Dónde estaba?

–Por cierto, ¿dónde está el macizo? –preguntó Zelma cuando Ralph se fue a seguir escribiendo.

–No tengo ni idea –contestó Grace dándose la vuelta para no delatarse.

–Ahora que lo pienso, lo vi yéndose cuando venía hacia la cocina –dijo Zelma.

–¿Cómo? –preguntó Grace con el corazón en un puño.

–Sí, llevaba las llaves del coche en la mano –contestó Zelma encogiéndose de hombros–. Cuando vuelva, le diré el maravilloso desayuno que se ha perdido.

–No creo que le importe –dijo Grace sin pensarlo.

Zelma enarcó una ceja.

–Detecto sarcasmo.

–Zelma, deja a la chica –intervino Ed sonriendo–. Le encanta hacer de celestina.

Grace se obligó a sonreír.

–Pues conmigo no tiene nada que hacer. Además, Denton solo está de paso.

–A mí me parece que no está de paso en absoluto.

–Zelma, está usted perdiendo el tiempo –insistió Grace–. Venga, los dos fuera, que tengo que recoger todo esto.

–Muy bien, nos vemos en la merienda. Espero que lleguemos a tiempo porque nos vamos a Austin de compras –dijo Zelma.

Minutos después, se encontró a solas con sus tórridos pensamientos. A pesar de lo que había creído, no se arrepentía de nada, pero estaba triste por no verlo. ¿Se arrepentiría él? Sintió una náusea repentina, tomó aire varias veces y se sintió mejor.

Tal vez estuviera enfadado con ella por no haberlo despertado al irse. No lo había hecho porque dormía plácidamente. Claro, no era para menos después del maratón sexual que habían tenido. Además, no había sabido que decirle. No podía pedirle que se quedara, pero preguntarle cuándo se iba a ir tampoco le había parecido correcto.

Para hacer eso tendría que haber tenido agallas, y no las tenía. Venga, no era cierto. ¿A quién estaba intentando engañar? Nada había cambiado. Denton seguía teniendo el mismo efecto sobre ella que hacía años.

¿Y eso qué quería decir?

Que lo seguía queriendo, que quería pasar con él el resto de su vida. Pero no iba a ocurrir, ¿no? Sabía que Denton se preocupaba por ella. Tal vez no; tal vez su relación solo era sexo, como lo había sido años atrás, aunque ella hubiera creído entonces que era mucho más.

Se puso a limpiar la cocina mientras se preguntaba si Denton habría vuelto a elegir el camino fácil, el de las gallinas. ¿Se habría ido?

Si fuera así, muy bien.

Apretó los dientes. Si él quería comportarse como si la noche anterior no hubiera existido, por ella, no había problema. Con los años, se había acostumbrado a esconder los sentimientos, sobre todo después de que le diagnosticaran los ataques de ansiedad. Podía mostrarse tan indiferente como él sobre el tema.

No, no era cierto. Se le estaba rompiendo el corazón. La noche anterior había desenterrado recuerdos que creía olvidados. Se sentía desbordada.

Y era porque él se había ido sin decirle que lo de la noche anterior había significado tanto para él como para ella. A la luz del día, se convenció de que lo único que podían compartir era un sexo maravilloso. No tenían futuro juntos.

Ella no quería irse de Ruby y él no quería quedarse. «Déjalo», se dijo a sí misma dejando el trapo. No podía vencer a aquel demonio.

Lo que tenía que hacer era aguantar mientras estuviera allí y, cuando él se fuera, pegar los trozos de su corazón y de su alma, como ya había hecho en otra ocasión.

Agarró las tijeras con la intención de cortar unas flores para ponerlas en las habitaciones.

Cuando iba a abrir la puerta que daba al jardín, sonó el teléfono.

–Maldición –murmuró. No quería estar más tiempo dentro de la casa. Se sentía atrapada. Necesitaba aire fresco que le despejara la cabeza.

Debía contestar. Cruzó la cocina y levantó el auricular.

Era Ward Pearson, un ranchero de la zona, el único hombre con el que había salido desde que había vuelto a Ruby. Aunque le caía muy bien, no se sentía atraída por él. Era viudo y tenía hijos mayores. Aunque no la había agobiado, Grace sabía que si le daba el más mínimo indicio de que quería casarse, él estaría encantado.

No iba a ocurrir, claro, sobre todo después de que Denton hubiera reaparecido en su vida. Casarse con Ward sería puro conformismo.

–Hola, Ward –lo saludó cordial–. Hacía tiempo que no sabía nada de ti.

–He estado fuera de la ciudad. Tuvieron que operar a una de las niñas.

–¿Ha ido todo bien?

–Estupendamente. ¿Qué tal estás tú?

–Así que no te has enterado.

–¿Qué pasa? –preguntó preocupado.

–Bueno, Roger está mucho más al tanto que yo, pero te puedo hacer un resumen general –le dijo, explicándole lo de la central nuclear.

–No permitiré que eso ocurra mientras viva –dijo muy tranquilo–. No vamos a permitir que arruinen esta ciudad, cuando pueden ponerla en otro sitio.

–Llama a Roger.

–Tengo muchos mensajes en el contestador, pero todavía no los he escuchado. Seguro que uno de ellos es suyo.

–O unos cuantos.

–¿Cuándo puedo verte?

–Bueno, Ward, no lo sé.

–Siempre dices lo mismo.

Grace se ruborizó y agradeció que no la estuviera viendo. Se sentía culpable, pero no sabía por qué. No pasaba nada por no querer salir con él ni acostarse con él. Era adulta y podía decir que no a quien quisiera.

Excepto a Denton. Y solo en su corazón.

–No me viene bien. Tengo la casa llena. Ya sabes el trabajo que da esto.

Él suspiró profundamente.

–¿Y si no acepto un no por respuesta?

–Supongo que me sentiría halagada.
–Solo quiero invitarte a cenar. Piénsatelo. No me digas que no, ¿de acuerdo?
–Está bien, Ward. Lo pensaré, te lo prometo, pero tal vez no pueda salir contigo a cenar hasta la semana que viene.
–Podré soportarlo. Hablamos. No te preocupes por la central. No la van a poner aquí.
–Me siento mucho mejor oyéndotelo decir.
–Cuídate.
–Gracias, Ward.
Al colgar, oyó un ruido a su espalda. Se giró y vio a Denton en el marco de la puerta de la cocina. Estaba lívido. Grace se puso una mano en el pecho. ¿Habría ocurrido algo? Lo único que indicaba que algo no iba bien era su falta de color en la cara. Por lo demás, estaba tan estupendo como siempre, igual de sensual, sobre todo recordando lo de la noche anterior.
Él llevaba unos pantalones cortos y una camiseta, como si fuera a ir a correr. Tal vez, hubiera estado corriendo. No, no estaba sudando.
–¿Cón quién hablabas?
Aquello la sorprendió tanto que no pudo contestar inmediatamente.
–¿Por qué lo preguntas?
–Porque te he oído decir «Ward» y algo de que ibas a salir con él.
No solo se quedó sin palabras; estaba pasmada.
–¿Estabas escuchando mi conversación?
–No, simplemente llegué y estabas hablando.
¿Estaba celoso? Grace sintió que se aceleraba el pulso.

–Estaba hablando con Ward Pearson, un amigo.

–¿Sales con él?

Grace ahogó una exclamación y abrió los ojos.

–¿Por qué... por qué me preguntas una cosa así?

Se hizo el silencio.

–Porque es el cliente que he venido a ver.

Capítulo Trece

Dinero.

Así que solo era eso. ¡Maldito Denton! Grace controló las lágrimas, que amenazaban con brotar de sus ojos y levantó el mentón en actitud desafiante. Celoso. Sí, claro. Estuvo a punto de reírse histérica, pero se mordió el labio.

–Sé lo que estás pensando... –dijo él, como si intentara escapar de la que se le venía encima.

–No, no lo creo –le espetó–. Si lo hubieras sabido, no habrías dicho eso.

Era obvio, por la cara que se le había quedado, que si hubiera podido se habría tragado sus propias palabras, pero ya era demasiado tarde. El daño ya estaba hecho.

La noche anterior no había significado nada para él. Su trabajo estaba años luz por delante de todo lo demás.

–Contéstame a una pregunta, Denton. ¿Tanto te importa el dinero?

–Maldita sea, Grace, deja que te explique.

–Te he hecho una pregunta.

–No –contestó entre dientes.

–Ya.

Su sarcasmo, hizo que Denton se ruborizara.

–Sabía que no me ibas a creer. Por eso quería darte una explicación.

–No hay palabras suficientes en el diccionario.

–Perdón –dijo Zelma entrando en la cocina–. No quería interrumpir.

–Creía que se iban a Austin –dijo Grace.

–Y yo, también, pero... ¿Seguro que no interrumpo?

–Seguro –contestó Grace, tomando aire.

Zelma los miró a ambos.

–Pues parece que estáis que trináis.

Desde luego, Zelma era de lo más directa. Grace sonrió.

Denton se rio y la tensión desapareció.

–Eso es exactamente lo que estaba pasando –dijo con humor.

–Perdón –repitió Zelma mirando a Grace.

–No le haga caso –dijo Grace–. ¿Qué pasa?

–Olvídalo. Puedo esperar.

–No, nuestra discusión puede esperar –contestó Grace, con la esperanza de que Denton se esfumara. Aunque lo quería, no quería seguir viéndolo.

–No quiero...

–¡Zelma!

–Bueno, bueno, es que Ed...

–¿Qué le pasa? –se apresuró a preguntar Denton.

–¿El corazón? –aventuró Grace preocupada.

–No, no, nada de eso. Lo que le pasa es que tiene un sarpullido por toda la espalda. Son una granitos que no tienen buena pinta.

–Vaya –dijo Grace frunciendo el ceño.

–Venía a ver si tenías algo, un antiséptico o algo parecido.

–Sí, seguro que tengo –contestó Grace contenta de tener una razón para alejarse de Denton.

–Tal vez sería mejor llamar al médico –dijo él antes de que le diera tiempo a ella a moverse.

Aunque estaba hablando con Zelma, la estaba mirando a ella. Apretó los puños y sintió unos deseos irrefrenables de ahogarlo. ¿Cómo se atrevía a jugar con sus sentimientos como si ella fuera una marioneta?

«Tranquila», se dijo. Tal vez, estuviera haciendo una montaña de un grano de arena. Quizá lo hubiera entendido mal. ¿Debería darle el beneficio de la duda? No. Lo había entendido perfectamente. Se había quedado lívido al pensar que ella podría fastidiarle un negocio.

–¿Crees que podría ser grave? –preguntó Zelma preocupada.

Denton se encogió de hombros.

–Tal vez sea una reacción de los medicamentos que está tomando.

–Le han dado un medicamento nuevo por lo del ataque.

–Voy a buscar una crema –dijo Grace– y luego llamamos al médico.

–¿Te importaría ir a verlo?

–Claro que no. No quiero que les pase nada a mis huéspedes favoritos.

–Vas a tener que mimar a Ed.

–Nunca –dijo Grace forzando una sonrisa.

–Ven tú también, si quieres –dijo Zelma a Denton.

–No, gracias. Me parece que el pobre Ed ya

tiene suficiente con dos mujeres –Zelma se rio–. Grace, tenemos que hablar, ¿de acuerdo?

–Puede –contestó ella agarrando a Zelma del brazo y alejándose por el pasillo.

La palabrota que salió de los labios de Denton se oyó claro y alto.

–Me parece que está enfadado –dijo Zelma.

–Ya se le pasará –contestó Grace.

Imbécil.

Denton decidió que aquella palabra lo definía perfectamente. Estaba de pie en su habitación mirando por la ventana.

Si Grace no quería volver a hablar con él, no podría reprochárselo. Sí, si volviera a hablar con él por no tener elección dadas las circunstancias. Pero no iba a ser lo mismo.

Lo había fastidiado todo.

Y sin motivo. Habían compartido una noche increíble, una noche con la que él había soñado a menudo, una noche que nunca creyó que fuera a vivir. Había ocurrido y él solito se lo había cargado todo.

Antes de abrir los ojos, había alargado el brazo para tocarla, pero no estaba. Abrió los ojos rápidamente y fue al baño a ver si estaba allí, pero nada.

Miró el reloj y pensó que no habría querido que los huéspedes la pillaran saliendo de su habitación. Aun así, se había sentido decepcionado por no haber podido retozar entre sus brazos y volverse a perder en su calidez.

Dios, ella se había mostrado tan excitada y necesitada como él. Una y otra vez. Había perdido la cuenta de las veces que habían hecho el amor. Muchas de las veces, había sido ella la que había estado encima, cabalgando sobre él hasta que ambos habían gritado de placer. Nunca había tenido una sesión de sexo tan placentera.

Le bastaba pensar en ella para excitarse, para desear ir a buscarla, agarrarla del brazo y meterla en su habitación.

«Claro, Hardesty, cuando los burros vuelen», se dijo.

Quería haber bajado a desayunar solo para verla, para olerla, para tocarla. Sin embargo, lo había asaltado la duda. Seguramente, se habría ido porque se arrepentía de lo sucedido, de haberse entregado a él.

Había decidido montarse en el coche e ir a dar una vuelta para pensar en todo aquello. Decidió pasar por el vivero para ver a Flora. Los albañiles estaban allí.

–Oh, Denton, no me lo puedo creer. Me has dado un nuevo motivo para vivir –le había dicho ella.

–Es un placer, señora.

–¿Por qué lo has hecho? ¿Para impresionar a Grace?

–¿Qué le hace pensar eso?

–¡Venga! A mí, no me engañas. Yo también he sido joven. Mi marido y yo también teníamos nuestros momentos de guarradas.

–¡Flora Mantooth!

–Reconozco esa mirada cuando la veo.

Denton sonrió con el pulso acelerado.

–¿Qué mirada?

–Una mirada que dice que te la podrías comer de arriba abajo.

–Me parece que tiene que ir usted al oftalmólogo, Flora.

–Ten cuidado. En Ruby, todo el mundo quiere mucho a Grace.

–Eso demuestra que Ruby tiene buen gusto.

–Espero que tengas buenas intenciones.

–Le doy mi palabra.

Se había metido en el coche y se había preguntado cómo era posible que sus sentimientos por Grace fueran tan obvios. ¿En qué se había embarcado?

Aquella pregunta lo había perseguido hasta llegar a casa de Grace. Tenía que verl; quería que le dijera que no se arrepentía de lo que había pasado entre ellos.

Al entrar, había oído la conversación con Ward. A partir de ahí, todo se había ido al garete.

Celoso. Tenía celos del cliente con quien no se había molestado ni en ponerse en contacto. Los celos lo habían hecho reaccionar así. El dinero le importaba un bledo, pero no creía poder convencer a Grace de ello. Sobre todo, después de lo ocurrido. Se había quedado de piedra al oírla hablar con el hombre al que él había venido a ver y, para colmo, estaba diciendo algo de salir juntos.

Pensar que otro hombre la pudiera tocar, lo volvía loco. Dejando los celos a un lado, debía enfrentarse a la realidad. Si Ward y ella eran pareja, lo que le revolvía las tripas, seguramente ella habría sentido la necesidad de confesar que se había acostado con él. En ese caso, no habría negocio. Aquello no parecía encajar con Grace, pero la verdad era que no la conocía demasiado.

¿Y qué si el negocio se estropeaba?

Habría otros, aunque ese seguramente lo hubiera hecho subir tanto como para que lo nombraran socio. Socio. Si no volvía a Dallas, no solo no iba a llegar nunca a serlo sino que, además, iba a perder el trabajo.

No quería irse, por lo menos hasta haber aclarado aquel malentendido con Grace. ¿Y luego? Se puso a sudar. No quería pensar en ello. Primero, lo primero.

No era su estilo no hablar las cosas. Tenía algo que decir.

Encontró a Grace en el porche regando las plantas con un cubo. Se deleitó mirándola unos segundos. Se dio cuenta de que se estaba excitando. La deseaba.

Maldijo y bajó del coche. Ella se dio la vuelta mientras él subía las escaleras. No dijo nada y su cara tampoco tenía una expresión determinada. No se lo iba a poner fácil, no señor.

Denton suspiró y se sentó en el balancín.

–Lo siento –se limitó a decir.

–Tienes razones para estarlo.

–¿Aceptas mi disculpa?

–No.

–No era mi intención que sonara como ha sonado. El dinero no me importa.

–Sí, sí te importa.

–¡Maldita sea, Grace!

Ambos oyeron una puerta que se cerraba y miraron en la dirección de donde llegó el ruido.

–Ay, madre –susurró Grace, poniéndose roja y luego blanca.

–¿Quién es?

–El hombre a quien viniste a ver, Ward Pearson.

Denton sintió que también palidecía.

–¿Sabías que iba a venir?

–No –contestó en voz muy baja.

–Bueno, no pasa nada.

Grace tomó aire y sonrió mientras Ward ponía un pie en el porche.

–Hola, ¿qué tal? –saludó el hombre tocándose el borde del sombrero. Los miró a los dos como si hubiera notado las malas vibraciones–. ¿Interrumpo? –añadió con una voz que indicaba que el tabaco y él eran buenos amigos. Denton sospechó que el whisky también le gustaba.

–Hola, Ward –saludó Grace, tendiéndole la mano y sonriendo de mentira.

Era alto y estaba consumido. Era uno de esos rancheros que tenía una gran furgoneta y mucho dinero. Denton supuso que, bajo el sombrero, habría canas, o ni un pelo. No era joven y tenía la cara muy morena, como si viviera bajo el sol. Sin embargo, era guapo y, seguramente, sería un buen partido.

Los celos hicieron que se levantara y le tendiera la mano.

–Denton Hardesty.

Ward lo miró sorprendido.

–¿Es usted el asesor inmobiliario?

–El mismo que viste y calza.

–¿Cuánto tiempo lleva aquí?

A Denton no le pasó inadvertido la sospecha que ocultaba el tono de Ward. «Con cuidado, Hardesty. No por ti, sino por Grace», se dijo. Podría ser el hombre perfecto para ella. Cuando él se hubiera ido, claro. Aquello le desagradaba tanto que sintió ganas de partirle la cara a aquel tipo.

Estupendo.

–Siete días –contestó Denton.

–Le he dejado tres mensajes, pero no me ha contestado –dijo Ward en tono hostil, mirándolos a ambos –Denton no tenía nada que decir–. Ahora entiendo por qué. Ha estado ocupado en otras cosas.

–Ward, por favor –intervino Grace, dando un paso al frente.

Denton masculló una palabrota y también dio un paso al frente.

–Eh, no es lo que usted piensa.

Ward no lo escuchó, se dio media vuelta y se fue hacia su furgoneta.

Denton se quedó de pie sin moverse, mientras Grace miraba a Ward, mortificada.

Capítulo Catorce

–Grace…

–No digas nada, por favor.

–Sé que estás enfadada.

–Eso es decir poco –contestó ella mirándolo.

–Mira, lo siento si he fastidiado lo que había entre Ward y tú.

–¿Ah, sí?

Denton la observó.

–No, la verdad es que no.

–Lo que a ti te pasa es otra cosa, Denton.

–Me merezco esto y mucho más, pero sé que aunque se nos haya ido la situación de las manos estamos a tiempo de enderezarla.

–No te preocupes por mí –le contestó pulverizándolo con la mirada–. Sé cuidar de mí misma. Llevo haciéndolo muchos años.

–Ese no es el asunto.

Grace lo ignoró.

–¿Por qué no vas a hablar con Ward a ver si puedes arreglar las cosas? ¿No es eso lo importante?

–No –contestó él apretando las mandíbulas–. Lo importante somos tú y yo.

Grace negó con la cabeza.

–¿Tú y yo? No hay tú y yo, Denton, y lo sabes. Me voy dentro. Tengo cosas que hacer.

–Grace, no. Tenemos que hablar.

Ella quería quedarse. Parecía desesperado. Pero sabía que no debía, la iba a arrastrar y sería peor. Estaba a un paso de perder la cordura y la dignidad. Un poco más y estaría al filo.

–Necesito espacio, Denton. Ya hablaremos más tarde. Hasta entonces, te sugiero que vayas a hablar con Ward. Después de todo, es para lo que te has quedado.

Antes de que pudiera contestar, ella se dio la vuelta y se metió en la casa. Solo cuando se vio en su habitación, con la puerta cerrada, respiró a gusto.

Acababa de salir del baño de espuma y ponerse unos pantalones cortos y una blusa holgada, cuando sonó el teléfono. Sintió tentaciones de no contestar, pero su negocio dependía en gran medida del teléfono. No se podía permitir ese lujo.

–¿Sí? –dijo intentando imprimir algo de vida a su voz.

–Grace, soy Ward.

Estupendo.

–Me alegro de que llames.

–¿De verdad? –preguntó asombrado.

–Pues claro. Somos amigos.

–Me he portado como un bestia y quiero pedirte perdón.

–No tienes que pedirme disculpas. En todo caso, sería al contrario.

–Claro que no. Me he portado como un celoso ya sabes por qué y no tenía derecho –era cierto, pero no podía decírselo. Ward era un hombre maravilloso, pero no era el que ella quería. Ella quería a Denton o a ninguno. Debía hacérselo comprender sin herirlo ni humillarlo–. Es que, cuando te he visto con Hardesty, he perdido los nervios.

–Denton es un amigo de toda la vida.

–Pues, por cómo te mira, yo diría que le gustaría ser algo más.

«Ojalá», pensó ella, pero no era así. Denton quería acostarse con ella, pero no construir un futuro con ella. Ward quería ambas cosas. Era una pena que estuviera enamorada del hombre incorrecto. Sintió ganas de llorar, pero se controló.

No iba a llorar por Denton. Ya había llorado bastante por él.

–Solo está de paso, Ward. Se irá en cuanto hable contigo.

–No sé si va a poder ser.

Grace sintió pánico. No quería ser la causa de que Denton perdiera un negocio.

–Por favor, me sentiría muy mal si no os vierais por mi culpa.

–Puede que Hardesty lo vea de otra manera.

–Por favor, Ward, no quiero verme involucrada, ¿de acuerdo?

–De acuerdo, cariño, como quieras –contestó haciendo una pausa–. ¿Vas a cambiar de parecer sobre mí algún día, Grace?

Percibió el dolor que había en su voz y se odió a sí misma por ser la causa, pero no podía mentirle. No podía convencerse de que lo quería, cuando no era cierto. Su corazón pertenecía a otra persona, desde siempre.

–No, Ward –contestó con la mayor dulzura–. Eres un hombre maravilloso y me encanta que seamos amigos...

–De acuerdo. No hace falta que sigas.

–Lo siento –dijo ella, ruborizándose.

–No tienes que sentirlo. Simplemente, quería saberlo.

–Seguro que encuentras a alguien. Sé que ocurrirá.

–Sí, Ruby está lleno de mujeres solteras.

Grace percibió la broma a través del dolor.

–Sí, hay tantas como solteros –bromeó.

–Bueno, si amistad es lo que me ofreces, la acepto.

–Gracias, Ward –contestó emocionada.

–Cambiando de tema. Tenemos que vernos para hablar de lo de la central nuclear. He estado investigando y parece ser que Ruby tiene muchas posibilidades de ser el lugar elegido.

–Cuenta conmigo. Estoy en pie de guerra. Dime dónde y cuándo.

–Luego te llamo.

Al colgar, se sintió completamente sin energía. Menudo día. Primero, Denton; luego, Ward; luego, Denton y Ward. Nadie se merecía aquello. Sintió ganas de llorar. ¿Dónde estaba su apacible vida?

Había desaparecido cuando Denton llegó a la ciudad.

Grace suspiró, se levantó y fue hacia el balcón. Salió y respiró hondo. Hacía una tarde preciosa, digna de enamorados.

«Para», se dijo. No podía pensar en ello porque iba a hacerle daño, pero era difícil cuando no podía quitarse de la cabeza a Denton; qué bien se sentía mientras lo tenía dentro. Quería que aquello durara toda la vida.

No iba a ocurrir.

Volvió a tomar aire y aspiró el aroma de las flores, que hizo que se sintiera todavía más alterada. Decidió irse al porche a tomar un té para calmarse. Deseó que Zelma y Ed estuvieran en casa para ir a verlos, pero, al final, se habían ido a Austin e iban a tardar en volver.

Supuso que Denton estaría en su habitación, paseándose por ella y haciendo negocios con el teléfono pegado al oído.

Quería saber cuándo iba a irse.

No creía que pudiera quedarse en Ruby mucho más. Su jefe debía de estar que se subía por las paredes.

Con un poco de suerte, si Ward entraba en razón y hablaba con él, podría cerrar el trato de su vida, subirse en su estupendo BMW y poner rumbo a Dallas, a la civilización, como él decía.

Aspiró el olor de las flores por última vez, bajó a la cocina y se preparó un té. Salió muy decidida al porche y se quedó en el sitio.

Denton estaba en el balancín.

Si no hubiera tenido la taza bien agarrada, se le habría caído.

–Oh –murmuró, dándose cuenta de que no se había pintado ni peinado. Peor todavía, no llevaba sujetador. En otras circunstancias, no le habría importado lo más mínimo, pero al verlo, sus pezones se habían endurecido visiblemente.

Sintió que se le secaba la boca y tragó saliva. Incluso cuando él se hubiera ido, seguro que seguía viéndolo cada vez que saliera al porche, allí sentado en el balancín, grande y sensual.

Lo maldijo a él y al momento en el que se había colado en su vida.

–No te alegras de verme –dijo Denton.

–No –contestó ella.

–No aguantaba en mi habitación.

–A mí me pasaba lo mismo –admitió sin querer mirarlo.

–Puedes sentarte, ¿sabes?

–Lo sé –dijo ella, sin moverse ni un milímetro.

–Incluso en el balancín, conmigo.

¿Era humor lo que había detectado en su voz o se lo había imaginado? No importaba. No estaba de humor para perdonarlo.

–También lo sé –murmuró, sintiendo ganas de salir corriendo como un conejillo asustado. Se forzó a no moverse. No iba a salirse con la suya. Aquel era su porche y el intruso era él.

Además, no podía huir ni de él ni de las emociones que despertaba en ella. Lo había dejado que le hiciera el amor. Hacerse la virgen ultrajada a aquellas alturas era un poco ridículo.

–¿Lo quieres?

Al principio, no se dio cuenta de lo que le estaba preguntando. Al comprenderlo, lo miró con los ojos como platos.

–¿Cómo?

Denton suspiró profundamente.

–No me hagas repetirlo. Puede que no me salgan las palabras.

–¿Te refieres a Ward?

–Claro –contestó, mirándola intensamente–. ¿A quién me iba a referir?

Menuda pregunta. Deseó no tener que contestar.

–Sabes que no –dijo roja como un tomate.

–¿Cómo iba a saberlo?

–Si lo hubiera estado, no habría hecho el amor contigo.

–Dios, Grace –dijo atormentado–. No era mi intención ocupar tu espacio así.

–¿Me estás diciendo que te arrepientes de que nos hayamos acostado? –preguntó en un susurro.

–No, yo…

–Supongo que estarás pensando que soy una solterona ávida de amor que te está agradecida por el favor que le has hecho.

–¡Eso es una tontería! –dijo agarrándola del brazo.

Ella le miró la mano y luego lo miró a los ojos.

–¿De verdad? –le preguntó con la voz rota.

–Sí –susurró él.

Capítulo Quince

Sentía sus labios por todas partes.

No quería que aquel dulce tormento terminara, aunque se moría por sentirlo dentro de ella.

No tenía ni idea de cómo habían llegado a su habitación desde el porche. Y menos, a su cama.

Sí, la verdad era que sí lo sabía, pero no quería admitir la debilidad que sentía ante él.

Cuando la agarró del brazo y la miró, la había seducido con sus grandes ojos verdes, la había dejado sin defensas. Recordaba abrir la boca y oírlo gemir mientras la besaba… cada vez más apasionadamente.

Lo siguiente que recordaba era estar en su cama, desnuda, comiéndoselo a besos.

–Grace, te deseo tanto –dijo él, haciendo que no pudiera pensar en otra cosa más que en él y en lo que la estaba haciendo.

–Sí –murmuró ella sintiendo su lengua en los tobillos y subiendo por la parte interna de sus muslos.

Ya la había hecho perder la cabeza lamiéndole los pechos, que había dejado abultados y cubiertos del néctar de sus labios.

Grace exclamó y lo agarró del pelo cuando su lengua llegó al centro de su humedad.

–Ahh –susurró al sentir aquella maravillosa sensación por todo el cuerpo.

–Me encanta darte placer de esta manera –dijo él cambiando su lengua por su miembro erecto.

–Denton, Denton.

–No puedo más –le dijo con ojos hambrientos.

–Yo, tampoco –confesó ella, guiándolo.

Él la abrazó con fuerza y sus cuerpos se acoplaron; sus caderas galoparon al mismo ritmo hasta que ambos gritaron de satisfacción.

Un día perfecto para ir al vivero. Si una estaba dispuesta a ir saltando albañiles, claro. Grace sonrió.

Tenía que salir de casa porque las paredes se le caían encima y no quería pensar en Denton, aunque era en lo único que pensaba. Estaba de los nervios. Entonces, se había encontrado a Zelma en el porche. Ed estaba durmiendo. Grace le había preguntado si quería acompañarla al vivero y ambas se habían ido.

Ya estaban allí. Grace no salía de su asombro. Aunque no estaba terminado, aquello tenía muy buena pinta. Denton había cumplido la promesa que le había hecho a Flora. Aquello la alegró y la alivió porque había temido...

–Chica, será mejor que no dejes escapar a ese hombre.

–Eso mismo le digo yo –dijo Zelma mirándola–. No solo por lo que está haciendo por Flora, por muchas otras razones.

–Si yo fuera joven, le dejaría que comiera galletas en mi cama –dijo Flora.

Zelma sonrió y miró a Grace.

Grace suspiró y deseó ahogarlas a las dos. Eran dos contra una. No era justo.

–¿Y? –preguntó Flora, mirándola con insistencia.

–Y nada –contestó con tanta indiferencia como pudo. No quería herir los sentimientos de las dos ancianas, así que disimuló su irritación. Denton no era un tema de conversación porque su relación era de lo más volátil.

Si supieran que había pasado la noche con Denton dentro…

–¿Estás bien, cariño? –preguntó Zelma ante su silencio.

–Te has quedado un poco traspuesta, como Ed cuando no le llega el aire.

–Estoy… bien –contestó sin convicción–. Solo un poco mareada.

–Es por decirle que tiene que salir con un hombre –dijo Flora–. Hay un ranchero que lleva meses detrás de ella, pero ella no quiere dejarse atar. Y eso que tiene muchísimo dinero.

–¡Flora! –exclamó Grace–. Déjalo ya.

–Bueno, yo no sabía nada de ese ranchero, pero me parece que te has vuelto loca si no quieres nada con Denton.

–¿Y se puede saber qué hago con él?

–Casarte –contestó Flora tranquilamente.

–Sí, claro –dijo Grace.

–Bueno, no es tan difícil –dijo Zelma–. Te mira de una forma que podría quemar montes, así que no te hagas la tonta conmigo.

Flora asintió.

–Yo también lo he visto.

–Eh, ya está bien, denme un respiro –dijo Grace levantando las manos–. Denton solo está de paso.

–Ya veremos –dijo Zelma.

Grace sintió de nuevo deseos de matarlas a las dos. Se miraron creyendo que ella no las veía, como si no supiera lo que se traían entre manos. No importaba. ¿Qué daño podía hacer dejarlas que se hicieran ilusiones sobre el romance? Estaban jugando a ser Cupido. ¿Para qué les iba a quitar su ilusión? Ella sabía la verdad, que era lo importante.

Era cierto que Denton la miraba así, pero eso se acabaría en cuanto se fuera a Dallas. De repente, sintió una punzada en el corazón y le faltó el aire.

Se recuperó rápidamente. No quería atraer más la atención sobre ella. Lo último que necesitaba era un ataque de ansiedad.

Miró el reloj.

–Será mejor que vaya a por lo que he venido a buscar y volvamos a casa. Tengo cosas que hacer –le dijo a Zelma.

–Espero que esta gente no tarde mucho en terminar –intervino Flora.

–A juzgar por el ritmo que llevan, no creo.

–Todavía no me lo puedo creer –dijo Flora con los ojos empañados–. Me da un poco de miedo tener un vivero tan chulo.

Grace la abrazó.

–Lo va a hacer muy bien. Lo único es que va a tener que contratar a alguien que la ayude, porque las ventas se van a doblar, por lo menos.

–Ay, madre, espero estar a la altura de las circunstancias.

–Seguro que sí –la tranquilizó Zelma.

Poco después, con las plantas compradas, Grace estaba de vuelta en casa plantando las macetas del porche. Zelma y Ed estaban otra vez en Austin, y Ralph, como de costumbre, ante el ordenador. El único que faltaba era Denton.

No sabía dónde estaba. Tal vez, hubiera ido a hablar con Ward. Al volver y ver que su coche no estaba, se le había caído el alma a los pies y había llegado a temer que se hubiera ido a Dallas sin decir adiós.

En el fondo de su corazón, sabía que no podía ser. Sabía que se iban a despedir, pero aquello no impedía que sintiera un gran vacío y un gran dolor ante la idea de volverlo a perder. Cuando se había liado con él, ya sabía cómo iba a terminar aquello. Nada había cambiado, a pesar de haber pasado otra noche de pasión en sus brazos.

Como la anterior, se había ido de la cama de Denton a la suya. La diferencia era que él la había agarrado del brazo al darse cuenta.

–¿Qué? –le había dicho ella sin mirarlo.

–Tenemos que hablar.

–Ahora, no.

–¿Cuándo?

–No lo sé.

–¿Hoy? –preguntó en voz baja.

–Ya veremos –contestó ella mordiéndose el labio.

–Grace… –dijo exasperado.

–No creo que tengamos nada de lo que hablar.

Él había retirado la mano con una palabra malsonante y ella se fue.

Mientras removía la tierra, esperó sentir la paz que siempre sentía cuando lo hacía. Nada. Sintió ganas de llorar y clavó la pala con fuerza en la tierra para no hacerlo.

–Vaya, debe de estar duro.

Se asustó al oír aquella voz y dio un respingo. Se giró y vio a un hombre a quien no había visto nunca. Estaba casi calvo, pero era más joven de lo que parecía. No era muy alto y estaba bastante gordo.

Aunque percibió que estaba impaciente, sonreía con simpatía.

–¿Busca una habitación? –le preguntó levantándose.

–Ahora entiendo por qué no ha vuelto –murmuró el hombre.

–¿Perdón? –dijo Grace, retirándose un mechón de pelo de la cara.

–Soy Todd Joseph –dijo él tendiéndole la mano–, el jefe de Denton. ¿Está por aquí?

Grace sintió que se le hacía un nudo en el estómago. Se quitó los guantes y sonrió.

–El señor Pearson no está en el campo con el ganado.

Denton suspiró.

–Supongo que volverá tarde.

–Si vuelve –dijo el ama de llaves, encogiéndose de hombros–. A veces, pasa la noche fuera.

–Bueno, dígale que Denton Hardesty ha venido a verlo y que intentaré ponerme en contacto con él.

La señora asintió y cerró la puerta.

Denton se sentó en el coche y se quedó allí, sin encender el motor. Se sentía sin fuerzas.

Se frotó la cara. Se sentía como si tuviera resaca. Debía recomponerse. No podía seguir así o iba a perder el trabajo.

¿Por qué? ¿Por estar con Grace?

Pues sí.

¿Por qué no? Desde que había llegado a Ruby, el tiempo había sido estupendo, la comida maravillosa y la compañía, mejor. Se sentía otra persona. Más humano. La mirada y el beso de Flora lo habían hecho sentirse bien, como hacía demasiado tiempo.

Qué triste.

¿Qué le estaba ocurriendo? ¿Prefería la vida tranquila de Ruby? No, no creía que fuera eso. Lo que quería era estar con Grace.

No le importaba el lugar. Lo que sentía era algo más que deseo sexual. Estaba colado por ella. Le gustaba su risa contagiosa, su mirada aguda y su lengua afilada.

Todo junto era un paquete maravilloso. No quería irse de Ruby sin llevárselo consigo. Sin ella.

Se sintió un poco mejor y arrancó el motor. En lugar de ir al hotel, se fue al vivero. No se iba a parar porque temía a Flora. Si lo agarraba por banda, no tendría escapatoria. Sonrió. No le importaba, le gustaba aquella mujer.

Pero no era el día. Solo quería comprobar que los albañiles estaban allí.

Como no había podido ver a Pearson, lo único que quería era volver con Grace. Quería ver cómo estaba después de la maravillosa noche de sexo que habían compartido, que había sido todavía mejor que la anterior.

¿Cómo iba a hacer para separarse de ella?

Sintió un sudor frío y un escalofrío. No tenía opción. Por mucho que le gustara Ruby, no podía quedarse. No para siempre, ni siquiera por mucho más tiempo. Ya estaba estirando demasiado la paciencia de Todd, que se mostraba de lo más enfadado cada vez que hablaban por teléfono, algo que solía suceder varias veces al día.

Sabía que no podía seguir manejando la empresa desde lejos, pero no quería dejar a Grace.

De repente, se paró en el arcén. ¿Cómo no se le había ocurrido antes? Sí, aquello podría funcionar. Solo necesitaba tiempo.

Dobló y entró en la calle de Grace. Maldijo al ver el cadillac verde de su jefe aparcado delante del hotel. Vio a Todd en el porche en animada conversación con Grace.

–¡Maldita sea!

No quería enfrentarse cara a cara con él, pero no iba a tener más remedio. Todd lo observó mientras salía del coche y subía las escaleras del porche. Denton supuso que estaría enfadado. Así era.

–Esperaba que no llegaríamos a esto –dijo Todd sin preámbulos.

–¿Nos perdonas? –le dijo Denton a Grace con una sonrisa.

–Claro –contestó ella sin mirarlo.

Una vez solos, los dos hombres permanecieron en silencio.

–Supongo que esa belleza escultural es lo que te retiene aquí –dijo Todd sarcástico.

–Exactamente –contestó Denton muy seguro de sí mismo.

Capítulo Dieciséis

–Bueno, te entiendo, es una preciosidad –Por alguna razón, aquella observación lo irritó sobremanera. Claro que el hecho de que su jefe se hubiera presentado en Ruby ya era lo suficientemente irritante, sin necesidad de mencionar a Grace–. Sin embargo, no creo que merezca tanto la pena como para tirar tu carrera por la borda –añadió, sentándose en el balancín sin que nadie lo hubiera invitado a hacerlo–. No creo que ninguna mujer lo valga –concluyó con veneno.

–¿Y tú crees que esa es mi situación? –preguntó Denton a punto de perder la compostura.

–Me parece que ya sabes la contestación.

–¿Qué demonios estás haciendo aquí? –preguntó, dándose cuenta de que Todd parecía de lo más cómodo. Rezó para que Grace no saliera con una bandeja con té y galletas. Entonces, aquel tipo no se movería de allí. Seguro que habría percibido la tormenta y no aparecería.

–He venido para que recobres la cordura.

–No sabía que la hubiera perdido.

–Solo una mujer podría interponerse entre el dinero y tú.

–No sabes de lo que estás hablando.

–¿Estás enamorado de ella?

–Mira, Todd, métete en tus asuntos.

–Eso es exactamente lo que estoy haciendo, amigo. Por si no te has dado cuenta, trabajamos juntos, lo que quiere decir que tus asuntos me incumben.

–¿Eso quiere decir que sigue en pie lo de ser socios? –preguntó, aguantando la respiración.

–Solo si vuelves a Dallas –Denton sintió que se ponía rojo, pero era por rabia, no por vergüenza. Podía vérselas con aquel hombre, a pesar de quién era. Había buscado trabajo y había encontrado a Todd. Podía volverlo a hacer. Pero...–¿Así que estás enamorado? –insistió.

–No.

–Entonces, será deseo porque si no, no entiendo qué te puede atar a este sitio dejado de la mano de Dios.

–Crecí aquí –contestó a la defensiva.

–Yo no alardearía de ello.

–Muy bien, ya has dicho lo que tenías que decir. Has venido hasta aquí para regañarme.

–No, he venido para ver qué demonios estaba pasando. Sabes muy bien que eres imprescindible. Sin ti, la oficina es un caos. En estos momentos, hay varios tratos que están a punto de irse al garete.

–No he podido hablar todavía con Ward Pearson –dijo Denton intentando tranquilizarse.

–¿Por qué?

–Acaba de volver a la ciudad. Acabo de ir a verlo, pero está en el campo.

–Vaya.

–Sí, estás en el campo, ¿recuerdas?

–Me siento como si estuviera en otro planeta –Denton esbozó una sonrisa–. Muy bien, vete a verlo mañana, cierra el trato y pon rumbo al norte del estado.

No era una sugerencia; era una orden y a Denton no le pasó desapercibida la advertencia que escondían las palabras de Todd.

–Si ha vuelto, veré lo que puedo hacer –contestó calmado, pero firme. No iba a dejar que lo sometiera; ese viejo truco no iba con él. Además, antes de irse de Ruby tenía que arreglar otra cosa, pero eso Todd no tenía por qué saberlo.

–Si cierras el trato, ganaremos mucho dinero.

–Y me harás socio –añadió Denton.

–Ese fue el acuerdo –dijo Todd–. No me has dicho qué hay entre esa preciosidad y tú.

–No te lo voy a decir.

–Así que te gusta –sonrió Todd levantándose–. Te entiendo.

–Vete ya.

–¿No me vas a ofrecer un refresco?

–En la gasolinera –le dijo indicándole el establecimiento de enfrente.

–Uy, madre, estás pillado.

–No tientes a la suerte, amigo –contestó Denton.

–De acuerdo, me voy. Dile adiós a tu amiga de mi parte –dijo Todd, dándole una palmada en el hombro–. Solo recuerda lo que pasaste con tu ex.

–Déjalo, Todd –murmuró Denton.

–Por cierto, ha llamado.

–¿Marsha? ¿Qué quería?

–Más dinero.
Denton se rio.
–¡Está loca!
–Sí. Te desplumó cuando os divorciasteis.
–No, yo elegí darle todo aquello. Hay una diferencia.
Todd se encogió de hombros.
–Muy bien.
–¿Qué le has dicho?
–Que la llamarías.
–Recuérdame que te debo un favor –protestó Denton.
Todd se rio y bajó los escalones.
–Nos vemos en Dallas.

Grace deseó poder oír lo que estaba sucediendo en el porche. Pensándolo mejor, no. Seguramente, estarían tirándose los trastos a la cabeza, porque la tensión se percibía en el ambiente.
Aunque Todd parecía un buen tipo, seguro que era tan cabezota como Denton. De lo contrario, no habría ido a buscar a su empleado perdido.
Dejó de sonreír. Sabía que no la quería, pero nunca se había sentido tan mimada.
Se iba a ir. Tal vez ya, con Todd.
Casi se le paró el corazón. Tomó aire varias veces y logró recuperarse algo.
Batió la masa como si fuera su peor enemigo. Se dio cuenta de lo que estaba haciendo, paró, se lavó las manos y se refrescó la cara. Había pen-

sando preparar un refrigerio y sacarlo al porche, pero cambió de opinión. Seguramente, Denton no estaría para tonterías.

Metió la masa en el horno y se sentó. Escuchó y al final oyó un coche que se alejaba. Se agarró a la encimera y esperó.

Cuando Denton se fuera, una parte de ella se iría con él. Sabía que él no podía quedarse; no sería feliz allí y la haría desdichada.

La llegada de Todd era una señal. Denton debía irse, antes de que se quedara para siempre en su alma.

–Vaya, qué bien huele.

Grace sonrió a Ed y a Zelma.

–Lo mismo dices todas las mañanas.

–Es que todas las mañanas huele de maravilla –contestó Ed–. Lo vamos a echar de menos, ¿verdad, cariño? –añadió mirando a Zelma.

–Desde luego, a ver si aprendes a tener la boca callada –dijo ella dándole un codazo en las costillas.

Grace los miró.

–Se van –dijo, como si fuera una condena.

–Cariño –dijo Zelma abrazándola–. Sabías que este momento tenía que llegar, pero volveremos.

–¿Cuándo?

–De hecho, nos venimos a vivir aquí.

Grace abrió los ojos como platos.

–Eso es estupendo –dijo, percibiendo la presencia de Denton detrás de ella.

–¿Qué es tan estupendo? –Zelma lo abrazó y se lo dijo–. Estás encantada, ¿verdad? –le dijo a Grace.

–No hay palabras.

Sus ojos se encontraron, pero ella apartó la mirada al ver algo raro en los suyos. Grace se preguntó cuándo iba a decirle que se marchaba.

–¿Cuándo vuelves a la ciudad? –preguntó Zelma.

–Pronto.

–Bueno, todo el mundo a desayunar en el porche –dijo Grace intentando no perder el control.

Durante la siguiente hora, la conversación fue impersonal y alegre. Ralph se unió a ella y les contó un par de anécdotas divertidas. Cuando estaban terminando, llegó Connie.

Denton se fue a su habitación. Al rato, Grace lo oyó hablar por teléfono. Intentó concentrarse en sus cosas, pero no era fácil. Su mundo estaba a punto de hundirse de nuevo.

Zelma y Ed, aunque iban a volver, se iban. Ralph, también, porque había terminado la novela. En cuanto a Denton, esperaba verlo salir de su habitación en cualquier momento, maletín en mano, subirse a su BMW e irse.

–Bueno, adiós –dijo Zelma abrazándola de nuevo antes de meterse en el coche–. Hablaremos por teléfono. No dejes, bajo ningún concepto, que se te escape. Sé que hay algo entre vosotros y no me refiero solo a un asunto de cama.

–Uno de estos días... –dijo Grace roja como un tomate.

Zelma se rio mientras Ed maniobraba y se alejaban.

El resto del día se le hizo interminable, aunque tenía mil cosas que hacer. Estuvo pendiente de Denton, pero él ni hizo nada. Si había salido de su habitación, ella no se había dado cuenta.

Cuando se disponía a subir a darse un baño, la puerta de su dormitorio se abrió. Se paró a la mitad de la escalera y sus miradas se encontraron. Parecía exhausto. Nunca lo había visto así.

–Lo sé, no me lo digas. Tengo un aspecto terrible.

–Sí, tienes razón, pero no te lo digo.

Denton sonrió.

–¿Estás sola?

–Sí –contestó. Estaban solos.

–¿Te apetece que salgamos a cenar?

Grace lo miró asombrada.

–Creía que…

–¿Quieres que me vaya?

–No, claro que no.

–¿Qué te parece lo de la cena?

–¿Y si preparo algo y nos quedamos en casa?

–¿No te importa?

–En absoluto –contestó ella sin aliento–. Lo prefiero.

–Voy a arreglarme y estoy contigo.

Sus miradas volvieron a encontrarse. Denton entró en su habitación y ella se quedó allí, preguntándose qué estaba ocurriendo.

Capítulo Diecisiete

A pesar de la tensión, la cena transcurrió sin incidentes. Al igual que en el desayuno, la hizo reír contándole historias sobre varios clientes. Grace le contó cosas sobre algunos tipos raros que habían pasado por el hotel. La cena fue mucho mejor de lo que ella había creído aunque, para cuando llegó el momento del café, estaba que se derretía.

Lo tenía muy cerca, al alcance de la mano, pero no podía tocarlo. Si lo hacía, no podría parar. Sabía que él sentía lo mismo porque se esforzaba por no mirarle el cuerpo; solo la miraba a los ojos, y los suyos la devoraban.

Se acababan de sentar en el salón para tomar el café, cuando llamaron al timbre.

Denton frunció el ceño.

–¿Quién diablos...?

–No tengo ni idea –contestó ella, levantándose.

–No abras –murmuró Denton.

Ella no le hizo caso y fue a abrir. Era Roger Gooseby, el alcalde.

–¿Puedo pasar? –preguntó, con el sombrero en la mano.

–Claro –contestó Grace sintiendo una punzada en el estómago. No quería que nada ni nadie interrumpiera las últimas horas que le quedaban con Denton.

Los presentó e indicó a Roger que se sentara.

–¿Quieres que me vaya? –preguntó Denton.

–No, supongo que Roger ha venido a decirnos algo relacionado con la central nuclear.

–Exacto. Parece ser que somos los segundos en la lista –contestó furioso.

–Madre mía –dijo Grace, mirando a Denton.

–Cuando vuelva a Dallas, podré ayudaros –se ofreció él.

–¿Usted cree? –le espetó el alcalde.

–Tengo un contacto allí que podría servirnos.

A Roger se le cambió la cara.

–Le agradeceríamos mucho cualquier ayuda. Grace, he hablado con los demás y hemos decido que tú seas nuestra portavoz. Tal vez tengas que ir a Washington.

–Me parece una buena idea –dijo Denton.

–No.

–¿Por qué... no? –preguntó Roger.

–¿Por qué no? –repitió Denton–. Teniendo en cuenta tu carácter y el amor que sientes por esta ciudad, tú eres la persona perfecta.

Grace negó con la cabeza.

–Haré lo que sea, pero eso no.

–Grace, te necesitamos –dijo Roger–. Si no conseguimos parar esto, Ruby va a sufrir mucho.

–Lo sé, Roger, yo también tengo un establecimiento. De verdad, no soy la persona adecuada. Lo siento.

–Bueno, qué se le va a hacer –contestó Roger–. Si cambias de opinión, dímelo. Intentaré buscar a otra persona.

Se levantó y Grace lo acompañó a la puerta.

–Todo se va a arreglar, seguro –le dijo con una sonrisa forzada, al despedirse.

–Eso espero –dijo Roger mirándolos a los dos.

Cuando el alcalde hubo salido, se hizo el silencio. Grace no quería mirar a Denton porque sabía que estaba enfadado con ella. Se enfadó consigo misma por permitir que le influyera lo que él pudiera pensar de ella.

–Si no quieres luchar por Ruby, ¿por qué no te vas?

–¿Adónde? –le espetó sarcástica.

–A Dallas, por ejemplo.

–¿A Dallas?

–No es otro planeta –contestó él con sequedad.

–Para mí, sí. Además ¿para qué iba a irme allí?

–Porque yo te lo pido.

Grace sintió una tremenda flojera.

–¿Y qué hago yo en Dallas?

Denton pareció dudar.

–Vivir conmigo.

Por un momento…

–¿En calidad de amante? –le preguntó, sintiendo náuseas. ¿Por qué no le decía que la quería? Porque no la quería, claro. Nunca la había querido y nunca la querría. ¿Iba a seguir dejando que aquel hombre fuera dueño de su cuerpo y de su alma?

–No es ese el término.

Grace se rio.

–¿De verdad? Bueno, en cualquier caso, la respuesta es no.

–Pero Grace…

–No, no me pienso ir nunca de Ruby.

–¿Por qué demonios no? –explotó Denton–. Estás tirando tu vida en un lugar perdido de la mano de Dios.

–¿Y tú qué sabes? No me conoces de nada.

–Te conozco lo suficiente como para saber que no estás bien aquí.

–Claro, estaría mucho mejor en Dallas haciendo de guarrilla para ti.

–Sabes que no sería así.

–No pienso ser tu amante ni la de ningún otro hombre. ¿Te ha quedado bien claro?

–¡Maldición!

–No has tardado mucho en romper la paz y el silencio.

–No estamos hablando de mí –contestó él furioso.

–Te repito que me gusta lo que hago y me gusta hacerlo aquí –dijo ella, también enfadada.

–Te encantaría la ciudad.

–Mira, aunque te cueste creerlo, no siempre he vivido aquí –dijo lívida–. Fui fiscal del distrito hasta que no pude aguantarlo más; me harté de esa vida, y volví aquí.

Aquello lo dejó sin palabras, fue como un puñetazo en el estómago.

–No lo dices en serio.

–Sí, es verdad.

–¿Eres abogado? –preguntó, sin ocultar su sorpresa.

–¿Tan difícil te resulta creerlo? –le increpó, más furiosa todavía ante su incredulidad.

–Sí, teniendo en cuenta tu estilo de vida –contestó él. La verdad era que aquella mujer era capaz de hacer lo que se propusiera.

–Pues es así.

–¿Por qué lo dejaste?

–Porque comencé a tener ataques de ansiedad –respondió con sinceridad.

Él suspiró.

–Sí, es una buena razón, pero podrías haberte tomado unas vacaciones...

–Denton, elegí y nunca me he arrepentido.

–Una defensa muy bien montada.

Ella sonrió.

–No olvides que soy abogado.

Denton la miró con una mirada insondable.

–Sigo diciendo que aquí pierdes el tiempo.

–Y yo sigo diciendo que no pienso irme de aquí.

Se miraron con la respiración entrecortada.

–Me deseas.

–Nunca lo he negado –dijo jugando con su labio inferior y sintiendo que le flaqueaban las piernas.

–Solo puedo pensar en lo que me gustaría tenerte en mi cama todas las noches y todas las mañanas –gimió él.

–¿Por qué me haces esto? –preguntó ella, en tono agonizante.

–Porque no puedo aguantar la idea de no estar contigo, de tener que irme –contestó él abrazándola. Aunque se quedó sin aliento, Grace no quitó la mano. Se limitó a sentir los latidos de su erección.

–Pues no te vayas –le dijo mirándolo a los ojos, sin apartar la mano.

–No puedo –contestó él a duras penas.

–Sí, sí puedes –insistió ella apretando.

Denton volvió a gemir y cerró los ojos un momento. Cuando los abrió, estaban llenos de pasión.

–Mi trabajo está en Dallas.

–Y el mío, aquí.

–Me estás volviendo loco.

–Exactamente igual que tú a mí.

–Me portaré bien contigo, te lo prometo –insistió–. No te faltará nada.

«Excepto tu amor», pensó ella.

Como si se hubiera quemado, Grace quitó la mano y dio un paso atrás. Él la miró confundido.

–No quiero nada, Denton, soy una mujer independiente.

–Grace, la gente se muda constantemente.

–Yo, no.

–Pero…

–Ya he escuchado suficiente. Me voy a la cama.

–No me pienso dar por vencido.

–Pierdes el tiempo. Hasta mañana… si sigues aquí, claro.

Cuando salía por la puerta, lo oyó maldecir.

–No te arrepentirás, Ward.

–Espero que no.

Denton le dio la mano.

–Te mandaré todo por fax.

–Me parece bien, siempre y cuando no tenga que ir a esa ciudad de locos para nada.

Denton se preguntó si todos los habitantes de Ruby tendrían fobia a las grandes ciudades. Salieron de la cocina, donde habían estado hablando hasta alcanzar un acuerdo, y se dirigieron al coche de Denton.

–Una cosa más –dijo Ward.

–Dime.

–Más te vale tratarla con mucho amor.

–¿Cómo?

–Ya sabes a quién me refiero.

Denton sintió que se ponía rojo.

–Grace es adulta y tiene cabeza.

–En ese caso, espero que sepa utilizarla.

El ranchero se dio la vuelta y entró en su casa.

Denton se metió en el coche y se quedó pensando. Era difícil encontrar a gente así. Las personas no solían preocuparse por los vecinos, ni siquiera por los amigos.

Era estupendo si a uno no le importaba que los demás se metieran en su vida, algo que él no soportaba.

Miró al cielo. Un día perfecto. ¿Por qué el cielo de Dallas nunca era así? ¿Y por qué allí no se sentía tan relajado? Era como si su vida volviera a tener sentido, por primera vez desde el accidente. Había empezado a creer que aquel horror nunca se esfumaría de su cabeza, pero, desde que había llegado a Ruby, estaba mucho más tranquilo, había tenido tiempo para oler las flores y para reírse.

Al diablo. No podía seguir pensando así porque solo le acarrearía problemas. Aquella gente de campo le estaba tocando el corazón y no se lo podía permitir. Lo que tenía que hacer era convencer a Grace para que se fuera.

Con él.

¿A qué estaba esperando? Ya tenía el contrato firmado, el que le valdría para que lo hicieran socio. Por algún motivo, ya no lo ilusionaba tanto. Se dio cuenta de que ya nada lo ataba a Ruby.

Excepto Grace.

No quería irse sin ella. Debía tomar una decisión. Olvidarse de ella o volver a intentar convencerla de que se fuera con él. ¿A qué estaba esperando? Pisó el acelerador y, cuando estaba llegando, vio humo. Salía de la ventana de la cocina. La casa se estaba quemando.

¡Grace! Casi se le paró el corazón mientras corría hacia allí.

Capítulo Dieciocho

Dejó el coche y corrió dentro de la casa, muerto de miedo.

–¡Grace! ¿Dónde estás?

No hubo respuesta.

A medida que se acercaba a la cocina, el pánico iba creciendo. Oyó las sirenas de los bomberos. Subió los escalones de tres en tres.

–¡Grace!

¿Dónde diablos estaría?

Miró en todas las habitaciones, imaginándose escenas terribles. Solo pensar en que podría estar inconsciente, tirada en el suelo, se ponía enfermo. Miró por toda la casa, pero lo único que consiguió fue que los pulmones se le llenaran de humo.

Salió del edificio tosiendo. Necesitaba aire limpio. Entonces, la vio. Estaba sentada en un banco de piedra, bajo un roble, con la mirada perdida. Parecía una niña pequeña que acabara de perder a su perro.

Sin mediar palabra, fue corriendo hacia ella y la estrechó entre sus brazos. Estaba temblando y no protestó.

–¿Estás bien?

–Sí...

–¿Seguro?

–Sí –contestó, mirándolo con lágrimas en los ojos.

–Me has dado un susto de muerte –murmuró, limpiándole una lágrima que le corría por el carrillo.

–Estoy bien, pero la casa, no –dijo escondiendo la cara en su pecho.

–No llores –intentó tranquilizarla. Se sintió inútil.

¡Cómo la quería!

Esa era la verdad. Al darse cuenta, se sintió zumbado, como si le hubieran dado un gran golpe en la cabeza. Necesitó un momento para asimilarlo. Seguramente, nunca había dejado de quererla.

–Mi casa…

–Shh, no pasa nada. Si se quema, volveremos a construirla.

–Para ti, es muy fácil decirlo –sollozó.

–Será fácil. Lo importante es que ni tú ni nadie ha resultado herido.

–Menos mal que no había huéspedes y que Connie no estaba trabajando.

–¿Y tú?

–Estaba haciendo la compra. Al volver, vi el humo y llamé a los bomberos desde la calle.

–Seguramente, tu rapidez salvará la casa.

Grace no dijo nada. Se limitó a mirar a los bomberos, que, al cabo de un rato, les informaron de que la causa del incendio había sido un cortocircuito y les aconsejaron que no entraran en la casa.

–¿Qué tal estás tú? Pareces tenso.

–¿Cómo no voy a estarlo? Me has dado un buen susto.

–Lo... siento.

–No me pienso ir sin ti.

–No voy a ir a Dallas –contestó ella suavemente, mirándolo a los ojos.

–Pues entonces, me quedo aquí.

Grace se quedó con la boca abierta.

–No.

En ese momento, sonó el móvil de Denton.

–Sí, Todd, sí. Ya sé que es importante, pero ya te llamo yo –Denton colgó el teléfono. Se hizo el silencio.

–Ya has oído a tu jefe –dijo ella con amargura y resignación.

–No voy a volver, Grace.

Ella lo miró incrédula.

–¿Y por qué ibas a quedarte aquí?

–Porque te quiero y tú no quieres irte de aquí.

–¿Me... me quieres? –preguntó sin poder creérselo.

–Sí –contestó él– y me quiero casar contigo.

–Oh, Denton –gritó, perdiéndose en sus brazos–. Yo también te quiero, zoquete.

–Entonces, ¿te casarás conmigo?

Ella se rio y lloró a la vez.

–Nada podría impedírmelo.

Grace había creído que nunca lo volvería a sentir dentro de ella. Se alegraba inmensamente de haberse equivocado. No podía creerse que Denton la quisiera y quisiera casarse con ella.

Si no le hubiera demostrado su amor una y otra vez con manos, labios, lengua y hombría, se lo creería todavía menos. Sus caricias hablaban de amor y compromiso. Cada caricia era como una veneración a su cuerpo.

Ya había amanecido, pero él continuaba haciéndole el amor. La estaba besando, mientras con una mano le acariciaba un pecho y con la otra inspeccionaba su entrepierna dejando que sus dedos jugaran libremente en aquella zona. Ella gimió y deslizó la mano hasta palpar su erección.

Denton gimió y abrió los ojos.

–Ahora ya estamos empatados –sonrió ella.

–Te toca a ti arriba –contestó él, colocándola en posición y sintiendo el calor de su interior.

–Sí, sí, cariño –gritó ella notándolo dentro.

–Dime cuando.

–¡Ahora!

Entonces, lo notó explotar y ella gritó de placer mientras cabalgaba más y más. Lo último que recordaba, antes de desplomarse sobre su pecho, eran sus gemidos.

–Pareces satisfecha –sonrió él.

–Lo estoy –contestó ella–. Tal vez, deberíamos levantarnos.

–No.

–Por si no te acuerdas, aquí hubo ayer un incendio y tengo que hacer cosas.

–Yo, también.

–Es cierto, ¿qué vas a hacer?

–Lo primero es lo primero, mi amor.

–Te escucho.

–¿Cuándo nos vamos a casar?
–Tan pronto como quieras.
–¿Quieres una boda grande?
–No.
–¿Seguro? A mí no me importa, aunque preferiría no tener que pasar por ello.
–No te preocupes, yo prefiero algo pequeño e íntimo.
Denton la besó.
–Nuestra boda. Me encanta pensar en ello.
–¿Y tus padres? –preguntó ella sin ninguna gana. Hacía años, Earl y Shirley Hardesty no habían estado de acuerdo en que salieran juntos porque, a sus ojos, ella no era suficiente para él. Seguramente, seguirían opinando lo mismo. Aunque no se iba a casar con ellos, sabía que era importante para Denton contar con su aprobación. Para ella también, la verdad.
–¿Qué pasa con ellos?
–Ya sabes lo que pensaban de mí.
–Bueno, eso fue hace muchos años. Tú has cambiado y ellos, también. Mi madre no hace más que decirme que me vuelva a casar y le dé nietos.
–¿De verdad?
–Sí.
–¿Y a ti qué te parece esa idea? –preguntó aguantando la respiración.
–Espero que ya lo hayamos concebido. Nada me hará más feliz que verte embarazada.
–Oh, Denton –exclamó ella, besándolo con pasión.
–Si tienes más preguntas, será mejor que te

comportes porque no está el horno para bollos –le advirtió. Sí, Grace volvió a sentir su erección en la tripa.

–No has contestado a mi pregunta. ¿Crees que vas a ser feliz aquí? No quiero que dejes tu sueño por el mío; temo que luego me lo eches en cara.

–Eh, ¿quién ha dicho que voy a abandonar mi sueño?

–Tú. Querías ser socio de la empresa.

–Eso es lo que creía, que no es lo mismo.

–Pero…

–No hay peros, cariño. Lo que realmente quiero es estar contigo y tener un vivero.

–¿Eh?

–Ya me has oído. Si Flora quiere, voy a comprarle el vivero.

Grace lo miró sorprendida.

–¿De verdad?

–Sí.

–Denton, no sé qué decir.

–Dime que te vas a levantar y me vas a hacer el desayuno.

–No puedo. No tengo cocina.

–Entonces, voy a comprar algo. Tengo que empezar a mimar a mi mujer.

–¿A que te gusta?

Capítulo Diecinueve

Poco después, estaban en el porche terminando de desayunar.

–No estaba tan bueno como el tuyo, pero en fin... –dijo él terminándose el café.

–Me alegro de que todos los huéspedes se hayan ido, pero no sé cuánto tiempo voy a tener el hotel vacío.

–No mucho. Hoy mismo te encuentro un albañil.

Grace frunció el ceño.

–Eso no es responsabilidad tuya.

–Bueno, mujer, deja que te ayude.

Ella se encogió de hombros y sintió una estupenda sensación de bienestar ante el interés de él.

–Muy bien.

Denton sonrió.

–Qué fácil es todo contigo.

Ella se rio, más feliz que nunca.

–Denton...

En ese momento, sonó su móvil.

–Vaya –masculló él antes de contestar.

Grace intentó no oír la conversación, pero fue imposible. Por supuesto, era Todd. Denton estaba lívido.

Colgó y se hizo el silencio.

–No te vayas –murmuró ella.

–Tengo que hacerlo. La situación en la oficina es caótica y tengo que hacerme cargo de unas cuantas cosas –ella se levantó del balancín y fue hacia una columna–. Grace, no pasa nada. Así, lo dejo todo arreglado y no tendré que volver.

Ella se dio la vuelta.

–No quiero que te vayas.

–Sabes que tengo que ir, cariño. Tengo que ocuparme de la oficina, de mi casa, de muchas cosas.

–Luego.

–Lo haría si no fuera porque la crisis que hay en la empresa.

–Me gustaría que te esperaras –insistió, sintiendo que el pánico se apoderaba de su mente al recordar que, la última vez que se había ido, no había vuelto.

–¿Qué te pasa?

–Me da miedo que no vuelvas.

–¿Como la otra vez?

–Sí.

–Entonces, era un niñato, Grace, sin sentido común.

–Aun así…

La besó con pasión.

–Eso no va a volver a pasar. Sé dónde quiero estar y con quién. Volver a Dallas no lo va a cambiar.

–¿Cómo puedo estar seguro?

–Empieza por confiar en mí.

–Sí, claro.

Denton se puso rojo de ira.

–No me lo hagas más difícil. Yo tampoco quiero separarme de ti –contestó–. Eh, ¿por qué no vienes conmigo?

Aquello sí que le dio pánico.

–No, no y no. No pienso salir de Ruby.

–Mira que eres cabezota, Grace. Es la solución perfecta. Así, mientras, te arreglan la casa.

–No –contestó con ansiedad.

–Entonces, ¿qué quieres que haga?

–Ya te lo he dicho. No te vayas.

–Tengo que irme y no hay más que hablar.

–Si sales de esta casa, no te molestes en volver.

Denton se quedó como si le hubiera dado un bofetón.

–No lo dirás en serio –dijo furioso.

–Muy en serio.

–¡Es una locura! Eres cabezota e irracional.

–He dicho.

–Pues lo siento, pero no tengo opción.

–Entonces, ya sabes lo que hay.

Aunque estaba a punto de estallar, Denton consiguió controlarse.

–La verdad es que si no confías en mí, nuestro amor no vale nada, así que al garete.

Grace se dio la vuelta. No quería que su tono ni la expresión de su cara le rompieran más el corazón.

Denton maldijo. Lo oyó bajar las escaleras y alejarse en el coche. Consiguió mantenerse erguida hasta que estuvo dentro de casa. Entonces, se desplomó en el suelo y lloró.

–¿Cuánto tiempo vas a seguir así?

–¿Cómo? –preguntó Grace inocente, mirando a Zelma.

–No te hagas la inocente conmigo. No funciona.

–Oh, Zelma, no puedo hablar de ello –contestó mordiéndose el labio–. Me duele demasiado.

Sabía que tenía un aspecto horrible. Lo había tenido desde que Denton se había ido de Ruby hacía tres semanas. Como estaba muy ocupada, llevaba bien los días, pero por las noches lloraba hasta quedarse dormida. A pesar de haberse ido, Denton había cumplido su promesa y le había mandado un albañil que había arreglado la casa en tiempo récord.

Tenía dos habitaciones ocupadas y la otra apalabrada. Ed y Zelma habían vuelto a Ruby y habían alquilado una casa.

Zelma la estaba ayudando mucho, aunque había momentos en los que su lógica la volvía loca. Se negaba a verse como culpable. Toda la culpa era de Denton.

–¿Así que la vida sigue?

–Sí y es una vida muy apacible –contestó Grace a la defensiva.

–Claro –dijo Zelma paseándose por la cocina–. La verdad es que la casa ha quedado muy bien. Me gusta mucho el color crema que has elegido para las paredes.

–Gracias. A mí también me gusta.

–Me preocupas, Gracie. Ya no hay peligro. El tema de la central nuclear se ha solucionado. ¿Crees que Denton ha tenido algo que ver?

–Quizás. Dijo que iba a hacer lo que pudiera y suele cumplir lo que promete –contestó. Sin embargo, no creía que fuera a comprar el vivero a

Flora. No había tenido el coraje de ir a comprobarlo.

–Qué hombre.

–Zelma, no.

–De acuerdo, pero prométeme que vas a intentar recomponerte. No me gusta verte así.

–Lo estoy intentando.

Zelma se acercó y la abrazó.

–Sé que te he dicho que no iba a decir nada más, pero él tiene razón. El amor sin confianza no es amor de verdad.

–¡Zelma!

–Eres demasiado cabezota. Eso no te hace ningún bien.

–Puede, pero tengo lo que quiero.

–¿Ah, sí? ¿Estar sola y triste es lo que quieres?

Grace se puso roja.

–No sabes todos los detalles.

–Sé lo que tú me has contado. Suficiente para saber que te has equivocado.

–Por favor, vamos a dejar el tema, ¿de acuerdo?

–Muy bien –dijo Zelma levantándose–. Tengo que irme. Te llamaré mañana.

Aquella tarde, Grace se duchó y se puso unos pantalones y una camiseta. Se maquilló un poco y se miró al espejo. Muy bien, arreglada y sin tener dónde ir.

Las lágrimas le empañaron la vista y maldijo. Echaba de menos a Denton. El agujero que tenía en el corazón se hacía cada día más grande. ¿Qué esperaba? Cada vez que recordaba aquella escena, se daba cuenta de que Denton tenía razón. Si no confiaba en él, no lo quería.

Pero sí lo quería. Más que a su vida.

Entonces, ¿cuál era el problema? De repente se dio cuenta. Su orgullo. Se le aceleró el pulso. ¿Sería demasiado tarde para arreglar las cosas? Tendría que ir a Dallas.

Se puso una mano en el pecho y dio un paso atrás. ¿Sería capaz de hacerlo? ¿Podría dejar su ciudad, donde se sentía a salvo, y jugársela?

Empezó a sudar y se le aceleró la respiración. No, no iba a dejar que le diera un ataque de pánico. Ignoró los síntomas y decidió hacer lo que tendría que haber hecho mucho antes. Tenía que ir a la ciudad, a Denton.

–Mira, Hardesty, estoy harto de verte deambulando por aquí como un cachorro enfermo. Me das ganas de vomitar.

–Gracias, Todd. Vete al infierno.

–¿Por qué no te tomas unos días de vacaciones? Tal vez, así mejores.

–No me interesa.

Todd lo miró en silencio. Estaban en su despacho solucionando un problema con un cliente. Aquello requería concentración y Denton no estaba concentrado.

Gimió sin darse cuenta. Cada vez que pensaba en ella, que hablaba de ella o que soñaba con ella sentía que se moría. Todd lo sabía mejor que nadie pero se estaba cansando y Denton lo comprendía. Tenía que asumir que la había perdido o cambiar las condiciones.

–Me gustaría que te interesara algo.

–Sí, hay algo que me interesa. Grace.

–Entonces, ¿qué haces aquí? Quiero que hagas lo que te haga feliz. Aquí no lo eres.

–Tienes razón y lo voy a solucionar –dijo Denton poniéndose en pie–. La quiero demasiado como para dejar que todo se acabe tan fácilmente.

–Ya era hora de que empezaras a pensar con la cabeza y no con lo que tienes debajo de la cintura.

Denton sonrió, por primera vez en mucho tiempo.

Buen consejo.

Varias horas después, subió los escalones del hotel con el corazón en un puño. En ese momento, Grace abrió la puerta con el bolso y las llaves en la mano.

–Oh –exclamó asombrada.

–Hola –saludó Denton tragando saliva.

–Hola.

Silencio.

Denton volvió a tragar saliva.

–¿Vas a algún sitio? –preguntó, comiéndosela con los ojos.

–A Dallas –contestó ella–. Iba a buscarte para pedirte que me perdonaras.

Le costó una eternidad asimilar sus palabras, pero cuando logró hacerlo, gritó de júbilo y la abrazó.

–Grace, te quiero. Yo también lo siento.

Ella se apartó y lo miró con los ojos llenos de amor.

–No tienes que sentir nada. Tú me quieres y yo no lo veía.

–Vamos a casarnos.

–¿Ahora?

–Ahora.

–¡Vamos! –se rio ella.

Denton gritó y la levantó por los aires para bajar los escalones.

–Por cierto, he comprado el vivero.

–¡Estupendo!

Denton se paró y la miró.

–Quiero que sepas que te quiero desde lo más profundo de mi ser –le susurró, antes de besarla.

Grace lo abrazó y sus labios se encontraron.